Das Fragment

Roman

von

Daniel Tomazic

Herstellung und Verlag:
BoD - Books on Demand, Norderstedt
ISBN 978-3-7431-1780-8

Inhaltsverzeichnis

Prolog 4

Kapitel 1 7

Kapitel 2 18

Kapitel 3 29

Kapitel 4 41

Kapitel 5 56

Kapitel 6 72

Kapitel 7 86

Kapitel 8 101

Kapitel 9 117

Kapitel 10 131

Kapitel 11 146

Kapitel 12 160

Kapitel 13 173

Kapitel 14 184

Kapitel 15 198

Kapitel 16 213

Epilog 233

Prolog

Das leise fortwährende Trommeln des Regens auf dem Dach hatte etwas Beruhigendes. Hannes saß seit einer halben Stunde in seinem Auto. Die Scheiben des Wagens waren inzwischen ein wenig beschlagen. Seit seinem Feierabend war er im Grunde ziellos umher gefahren. Nun stand er auf dem Parkplatz vor der Kirche des Dorfes, in welchem er aufgewachsen war.

Es war früh dunkel geworden wie immer im November. Draußen war es windig und ungemütlich. Seine Gedanken kreisten, um all das war er in den letzten Monaten geschehen war. Seit dem er jenen Brief bekommen war, hatte sich sein Leben völlig verändert.

Er sah zu Kirche hinüber, warum hatte es ihn gerade hier her gezogen? Oder war er nur zufällig hier gelandet? Ein leises, resigniertes Schnauben entfuhr ihm. Irgendwie hing doch alles zusammen.

Die Kirche da drüben war eingerüstet, sie wurde gerade renoviert. Er konnte sich daran erinnern, dass dies das letzte Mal der Fall war, als er noch ein Teenager war und zur Schule ging. Wie lange lag das zurück? Vierzig Jahre? Beinahe. Seine Gedanken schweiften ab, zum Konfirmanden Unterricht, zu seiner Hochzeit, zur Beerdigung seiner Mutter vor einem Jahr.

Plötzlich öffnete sich die Seitentüre der Kirche, ein gelblicher Lichtstrahl ergoss sich aus der Tür. Jemand kam heraus, lies aber die Türe offen. Wie kleine Perlen leuchteten die Tropfen auf der Seitenscheibe und streuten diffus das Licht. Mit dem Ärmel wischte er das Kondenswasser, von der von innen teilweise beschlagenen Scheibe. Das Licht sendete eine eigentümliche, wärmende Anziehungskraft. Hannes stieg aus seinem Auto und lief durch den Regen hinüber. Er schlüpfte durch die halb offen stehende Kirchentüre hinein.

Die Wände waren mit einer Folie verhängt, der Boden abgedeckt. Ein Gerüst ragte in der Mitte des Kirchenschiffes ebenso nach oben, wie an den Seiten. Sein Blick wanderte nach oben und blieb an den Brettern hängen, welche die oberste Lage des Gerüstes bildeten. Ob man wohl die Deckengemälde restaurierte?

Als er seinen Blick wieder senkte, stand wie aus dem Boden gewachsen ein Mann vor ihm. Überrascht sah er ihn an. Klein, mit schlohweißem Haar, rundlich um die Taille und in eine Sutane gekleidet konnte das nur der Gemeindehüter, der Pfarrer dieser Kirche sein.

„Was kann ich für dich tun mein Sohn? Du sieht mir etwas verloren aus."

Hannes stand für einen Moment da und wusste nicht was er sagen sollte. Dann begann er stammelnd. „Also eigentlich wies ich gar nicht so richtig wo ich anfangen soll. Ich bin jetzt doch etwas überrascht, dass ich hier noch jemanden angetroffen habe."

„Wenn du lieber in Ruhe mit dem Herrn Zwiesprache halten willst, dann setze dich einfach auf eine dieser Bänke, ich lasse dich dann alleine."

Seltsam war das, dachte Hannes, er hatte schon jemanden zum Reden gesucht, jemanden wie den Pfarrer, denn ging es bei dem was ihn umtrieb nicht genau um Fragen, die nur ein Geistlicher beantworten konnte?

Der Pfarrer legte ihm eine Hand auf den Unterarm und entgegnete. „Ist schon gut, ich höre dir zu." Sanft schob er Hannes in eine Bank und setzte sich neben ihn.

Schweigend saßen die beiden Männer nebeneinander auf der Kirchenbank. Staub tanzte in den Lichtkegeln der Baustellenbeleuchtung. Hannes blickte zu seinem Sitznachbarn der mit entspannter Miene, beinahe lächelnd neben ihm saß und einfach abwartete.

„Also wenn du bereit bist, dann fange einfach an."

„Ich weiß gar nicht wo ich beginnen soll, die ganze Geschichte ist doch reichlich kompliziert." entgegnete Hannes.

„Am besten, " der Pfarrer lächelte, „beginnst du am Anfang."

Kapitel 1

„Feierabend" sagte Hannes und grinste breit. Sein Kollege seufzte und antwortete „Ich mache nur noch das hier fertig" Dabei deutete er auf den Monitor, der vor ihm stand. „Dann gehe ich auch. Was machst du heute noch?"

„Muss noch was einkaufen, ein wenig die Bude aufräumen. Vielleicht gehe ich später noch auf ein Bier ins Schiff."

„Klar", entgegnete sein Kollege lachend, „wo soll so ein gestrandeter Seemann wie du auch sonst seine Bierchen trinken?"

„So schlecht ist das da nicht und die neue Bedienung ist doch richtig süß."

„Schon gut, war ein Scherz, ist ja auch die einzige Kneipe in deinem Kaff."

„Kommst du mit?" wollte Hannes im Aufstehen wissen.

„Ne, heute nicht, hab noch was vor und extra zu dir raus zu fahren ist mir echt zu weit.

„Na dann." Hannes ging durch den Raum, schnappte sich seine Jacke von der Garderobe und ging mit einem „Bis morgen dann." hinaus.

Während der Fahrt nach Hause ließ er den Tag Revue passieren. Wie eigentlich immer war seine tägliche Arbeit von einer gewissen Routine geprägt. Das gab ihm zwar zum einen ein Gefühl der Sicherheit, allerdings langweilte ihn das tägliche Einerlei auch. Und genau diese Langeweile, so dachte er oft war dafür verantwortlich, das er sich abends oft wie erschlagen fühlte.

Und so war es auch heute wieder. Hannes fuhr seinen alten Audi durch die Tiefgarage des Wohnblocks in dem er und seine erwachsene Tochter in einer Mietwohnung lebten. Das war so seit seiner Scheidung vor ein paar Jahren. Inzwischen studierte Julia an der örtlichen Universität Geschichte und Biologie. Sie war selten zuhause, wenn er abends heim kam. So würde ihn wohl auch heute niemand begrüßen, wenn er durch die Türe kam.

Auf dem Weg nach Hause hatte er noch kurz beim Bäcker angehalten, frische Brötchen für das Abendessen und einen Berliner für gleich. Das Wetter war schön, die Mai Luft angenehm lau. Da könnte man doch auf dem Balkon sitzen, einen Kaffee trinken und- eben einen Berliner essen.

Er querte den Hausflur, holte die Post aus dem Briefkasten und stieg die Treppen bis in den dritten Stock hinauf. Wie erwartet war Julia nicht zuhause. Wenig später saß Hannes auf seinem Balkon und schaute hinunter, eine Tasse dampfenden Kaffees, den Berliner und den Inhalt des Briefkastens neben sich auf dem Tisch.

Er ließ seinen Blick schweifen. Die Siedlung stammte aus den 90ger Jahren. Es war gepflegt hier, mit großen Grünflächen zwischen den Häusern, die allerdings in ihrer bräunlichen Farbgebung etwas plump und klotzig wirkten. Die Menschen die hier wohnten waren meist schon jenseits der fünfzig. Die Wohnungen waren zunächst als Eigentumswohnungen konzipiert worden, in einigen Fällen waren die ursprünglichen Eigentümer bereits verstorben und die jetzigen Besitzer hatten dann eben vermietet. So war es auch bei ihnen gewesen.

Nun wohnten sie schon seit einigen Jahren hier. Julia, hatte auf das großen Zimmer bestanden, eigentlich das Elternschlafzimmer und Hannes war mit seinem Bett ins kleinere Kinderzimmer gezogen. Er mochte seine Wohnung durchaus, mit Balkon, großem Wohnzimmer, einem offenen Kamin ließ sie eigentlich keine Wünsche übrig, sah man von der etwas spießig biederen Wohngegend einmal ab.

Sein Blick blieb an einer Frau hängen die sich mit einem anderen Nachbarn unterhielt. Sie war ihm schon ein paar Mal aufgefallen. Mit ihrem dunkelrotbraunen Haar, ihren feinen Zügen und einer gewisse Eleganz in ihren Bewegungen, zog sie seine Blicke magisch an. Diese Eleganz trat auch zutage, wenn sie wie jetzt in enge Jeans und eine sportliche Bluse gekleidet war.

Hannes nippte an seinem Kaffee. Tja, dachte er, ob sie wohl verheiratet ist? Oder wie ich geschieden und Single? Er sah auf sich hinab. Er grinste. Mann, sehe ich heute wieder spießig aus. Beige Hose, braune Straßenschuhe, feinkariertes Hemd und ein billige Uhr am Arm. So wie die daher kommt, hat sie sicher andere Ansprüche. Aber egal dachte er sich, schauen darf man ja und biss so herzhaft in seinen Berliner, das der Puderzucker in eine Wolke davonstob und Hannes heftig nießen musste. Mist, dachte er und fegte den Puderzucker von den Briefen auf dem Tischchen vor sich.

Wohl wieder nur Werbung und Rechnungen dachte er, als er die Briefe daraufhin durchsah.

Was war das denn, er stutze und zog einen Brief aus dem Fächer, dessen Aufdruck seine Aufmerksamkeit erregte. In moosgrüner edler Prägung stand in eine schnörkeligen Schrift darauf:

Baxter & Hoover

Wills & Probate Solicitors

Portsmouth

Since 1876

Er dreht den Umschlag um. Die Adresse stimmte. Was bedeutet das? Leicht verwirrt, sah er noch einmal über die Balkonbrüstung, doch die hübsche rothaarige war verschwunden.

Er legte den Brief auf den Tisch und sah die anderen durch. Nur Werbung und ein Schreiben von seinem Telefonanbieter. Sicher die Monatsrechnung.

Nun wendete er sich wieder jenem Brief mit dem grünen Aufdruck zu.

Wills & Probate Solicitors. Was heißt das denn? Mein Englisch ist nicht schlecht, dachte Hannes als er den Brief nun öffnete, die Hälfte der Zeit seines beruflichen Alltags sprach er englisch. Aber was sind Probate Solicitors?

Nachdem er den Brief geöffnet hatte zog er zwei Blätter aus dem Umschlag. Eines davon, das sah Hannes sofort, war auf Deutsch verfasst. Na prima, dachte und fing an zu lesen. Der Name und die Adresse waren korrekt.

Betreff: Testament und letzter Wille des Herr Kapitän Gustav Karl Kipnik, geboren am 24.05.1931 in Bridgeport, CN, USA, gestorben am 13.04.2014 in Portsmouth, UK

Sehr geehrter Herr Thomsen,

Wir, die Anwaltssozietät Baxter & Hoover sind Anwälte für Erbrecht und Nachlassverwalter. In dieser Funktion wenden wir uns mit diesem Schreiben an sie.

Hiermit zeigen wir, die Rechtsanwaltssozietät Baxter & Hoover, namentlich vertreten durch Frau Rechtsanwältin Clara Wilson an, das diese in der o.g. Angelegenheit die vom Erblasser, Herrn Gustav Karl Kipnik als Testamentsvollstreckerin ernannte Person ist und somit die letztwillige Verfügung des Erblassers zur Ausführung zu bringen hat.

Da sie, sehr geehrter Herr Thomsen, als alleiniger Erbe im Testament des Erblassers benannt sind, möchten wir sie bitten, sich zwecks der Abstimmung eines Termins zur Testamentseröffnung mit unserem Sekretariat in Verbindung zu setzten.

Hochachtungsvoll

Clara Wilson

Rechtsanwalt

Was ist denn jetzt los, dachte Hannes, heißt das etwa ich habe was geerbt? Er hatte gar nicht gemerkt, dass er während des Lesens langsam aufgestanden war. Jetzt da er realisiert hatte das er stand, ließ er sich auf den Stuhl hinter ihm sinken, nahm seine Tasse in die Hand und trank den Kaffee aus. Was für ein Quatsch, dachte er. Ich soll geerbt haben? Der Erbonkel aus Amerika? Blödsinn, das gibt es doch nur in diesen billigen Romanen. Wenn ich da anrufe, die Nummer hatte als Landesvorwahl die 44, also wirklich ein Anschluss in England, dann wird mir sicherlich erzählt, das ich erst einmal eine bestimmte Geldsumme hinterlegen muss, oder so was. Er legte den Brief zurück, nahm den Rest seines Berliners und aß ihn auf. Aber andererseits, selbst wenn, dann lege ich einfach auf und werfe den Brief in den Müll.

Er schluckte den letzten Rest hinunter und ging, den Brief in der Hand, zum Telefon.

Nach dem es unzählige Male geklingelt hatte und niemand das Gespräch annahm, legte er wieder auf. Er würde es am nächsten Tag einfach noch einmal versuchen. In diesem Moment hörte Hannes die Türe gehen. Seine Tochter Julia war nach Hause gekommen.

„Hi Schatz, wie war die Uni?" begrüßte er sie.

„Wie immer und wir haben eine neue Hausarbeit aufbekommen."

Julia sah auf das Telefon, das ihr Vater noch immer in der Hand hatte und fragte

„Wen rufst du an?"

„Es muss heißen, wen hast du angerufen?" sagte Hannes und grinste schelmisch.

Julia verdrehte die Augen. Immer diese Spitzfindigkeiten ihres Vaters. Eigentlich mochte sie das ja, aber manchmal nervte es.

„OK--, wen hast du angerufen?"

Ohne zu antworten deutete Hannes grinsend auf den Brief, der neben dem Telefon auf dem Tisch lag.

Nachdem Julia ihn gelesen hatte sah sie ihn mit einem fragenden Gesicht an.

„Wir haben was geerbt?"

„Sieht ganz so aus" bekam sie zur Antwort. „Wobei ich mir nicht ganz sicher bin ob das Ganze nicht nur eine Ente ist. Man hört ja vieles in dieser Hinsicht."

„Und wer war dieser Gustav aus dem Brief?"

„Das weiß ich nicht, habe noch nie von ihm gehört. Deine Uroma mütterlicherseits, hieß mit Nachnamen auch Kipnik. Die Verwandtschaft kommt sicher daher.

„Und was machen wir jetzt?"

„Ich rufe morgen einfach nochmal an und sehe dann, ob an der Sache was dran ist, oder nicht."

„Mache das Paps, soll ich schon mal nach 'nem schicken kleinen Häuschen im Grünen für uns schauen?"

„Ja, ja, schon klar", entgegnete Hannes grinsend, „ mir würde es schon genügen, wenn du dein Zimmer aufräumst."

„Ach Paps, du bist ein Spielverderber, komm schon."

„Na gut, du darfst auch das Bad putzen."

Plötzlich flog eines der Sofakissen durch die Luft und traf Hannes an der Schulter.

„Na warte du Biest" sagte Hannes mit einem vernehmlich gespielt beleidigtem Unterton, „jetzt kannst du was erleben."

Etwas später standen beiden in der Küche und bereiteten das Abendessen zu.

„Jetzt aber mal im Ernst Paps. Ich meine wenn wir nur ein paar alte Möbel oder Bücher geerbt hätten, würdest du doch keine Einladung zu einer Testamentseröffnung bekommen. Und du bist der einzige Erbe."

„Ja schon, aber ich habe keine Ahnung von Testamenten und vom Erben. Aber cool wäre es schon. Denn wenn ich genug erbe, dann kannst du in eine eigene Wohnung ziehen, ich höre auf zu arbeiten, kaufe mir ein Boot und segle um die Welt."

„Wenn wir genug erben, kaufst du uns ein Haus und kannst dann mit deinem Boot immer noch um die Welt segeln, ok? Würdest du echt gerne wieder zur See fahren?" entgegnete Julia.

„Nicht wirklich. Ist nur so eine romantische Vorstellung. Ich war 17 Jahre alt, als ich zur See gegangen bin. Das war zwar eine tolle Zeit, aber im Grunde waren die 12 Jahre bei der Marine auch genug."

„Was würdest du dann machen?"

„Hm, im Grunde bist du schon nahe dran gewesen, ein eigenes kleines Haus wäre natürlich was. Ob ich allerdings aufhöre zu arbeiten? Das müsste ich mir überlegen? Ein neues Auto vielleicht?"

„Ja, ich kriege ein Cabrio und du ein altersgerechten Wagen."

„Was soll das denn schon wieder heißen? Altersgerecht."

„Na ja" sagte Julia grinsend. „Wer schon daran denkt mit dem Arbeiten aufzuhören."

„Ich bin 53 und arbeite seitdem ich 17 bin."

„Pahaps, nicht wieder diese Leier. Ich arbeite seit ich 17 bin, heute bin ich 53, das sind 36 Jahre, das ist jetzt schon mehr als viele andere in ihrem Leben überhaupt schaffen."

„Schon gut, beruhige dich wieder. Ich sagte ja schon, dass ich nicht weiß ob ich aufhören würde zu arbeiten. Willst du ein oder zwei Eier?"

„Zwei."

„Rührei, oder Spiegelei?"

Das Telefon klingelte.

„Spiegelei, mit Speck".

„OK, mit Speck. Kannst du mal eben ans Telefon gehen? Und wenn es deine Freundin ist, denk dran das es in fünf Minuten gibt es essen, also kein Dauergequassel."

Kurz darauf kam Julia mit dem Telefon in der Hand zurück in die Küche.

„Für dich, Portsmouth."

„Wer? " fragte Hannes.

„Na diese Nachlasstante, diese Clara sowieso aus dem Brief."

„Echt?" fragte Hannes und griff nach dem Hörer. „Kannst du dich um die Eier kümmern, die brennen sonst an."

„Ja, hallo? Äh, yes, Mr. Thomsen is speaking. - Yes I have received the letter today. - Of course I was surprised. I do not get a letter every day which is telling me that I possibly inherit something. - Could you please tell me what I have inherited? - Sure I understand. I have to come to England, to Portsmouth. - The over next weekend?

" Hannes sah seine Tochter fragend an und als diese heftig nickte, antwortete er „Yes sure the over next weekend is possible for me. - If I would like to have someone with me? Julia nickte nun umso heftiger und deutete mit ihrem Daumen auf sich. „Yes if it is OK for you, my daughter will join me. - Her Name? Julia. - Yes, the same Surname. - You will send me the tickets, Business Class? Äh, no thank you it is fine. Yes, to the same address please. - I am also looking forward to it. - Have good day too. Hannes beendete das Gespräch und ließ den Hörer sinken.

„Wie krass" sprudelte Julia los „Wir fliegen nach England, - Business Class!"

Hannes zog die Stirn in Falten und entgegnete wesentlich verhaltener „ Schauen wir mal."

Kapitel 2

"Ich sehe mal nach einem Taxi, bleibst du kurz bei den Koffern?"

"Ja sicher, kein Problem Paps."

Hannes sah auf seine Uhr. So ein Mist, dachte er. Hatte dieser blöde Zug doch auf einer Entfernung von London nach Portsmouth, fast eine Stunde Verspätung gehabt. Dabei waren es doch nur 70 Meilen, also nicht Mal 115 Kilometer gewesen. Jetzt hatten sie gerade mal noch 15 Minuten Zeit, bis zu ihrem Termin. Das konnte knapp werden, da es vom Bahnhof bis zur Anwaltskanzlei von Baxter & Hoover in der London Road etwa vier Kilometer waren.

Jetzt standen Hannes und Julia vor dem Bahnhofsgebäude, einem wundervollen, so fand Hannes, viktorianischen Backsteingebäude aus der zweiten Hälfte des 19. Jahrhunderts. Mit seinen verspielten Schieferdächern und dem filigranen Vordach sah es eher wie ein Hotel, als wie ein Bahnhof aus. Direkt vor dem Gebäude standen aufgereiht einige silberne Taxis. Kaum hatte er seinen Blick dem ersten Taxi in der Reihe zugewendet, stieg der Fahrer auch schon aus.

Nachdem Hannes Julia ein Zeichen gegeben hatte, die kleinen Koffer ins Auto geladen waren und Hannes dem Taxifahrer die Adresse genannt hatte, ging es auch schon los. Gerade noch pünktlich erreichten sie das Haus in der die Anwaltskanzlei untergebracht war.

Im Grunde war es ein etwas größeres Wohnhaus, welches dem Baustil nach aus der gleichen Epoche stammte, wie das Bahnhofsgebäude. Das große polierte Messingschild neben der blau lackierten Tür entsprach vom Layout genau dem Stempel auf dem Umschlag und zeugte von Britischem Stil und Eleganz.

Noch bevor Hannes seinen Finger auf den Klingelknopf gelegt hatte, wurde die Türe geöffnet. Eine Frau, wie sie britischer nicht hätte aussehen können stand vor ihm und stellte sich als Clara Wilson vor. Mit ihrer steifen rotblonden Kurzhaarfrisur, dem dunklen, eine Nummer zu klein wirkenden Kostüm und dem strengen Gesichtsausdruck, schien sie dem Klischee einer Gouvernante aus einem Edgar Wallace Krimi zu einhundert Prozent zu entsprechen. Sie reichte Hannes, mit einer sehr förmlichen Bewegung, die Hand und begrüßte ihre beiden Gäste auf Deutsch.

Dieser steife, förmliche Eindruck wandelte sich aber schlagartig, als Mrs. Wilson die beiden ins Haus gebeten hatte. Nun lächelte sie freundlich und ihr englischer Akzent hatte etwas nettes, etwas charmantes an sich.

Man durchquerte die Halle, die von alter Pracht und Geldadel zeugte. Jeder Zoll mit feinen alten Möbeln und wertvollen Teppichen, eine echte englische Villa. Es ging eine geschwungene, polierte, hölzerne Freitreppe hinauf, die unter Hannes´ Schritten leise quietschte. Sie durchquerten einen Korridor und Mrs. Wilson öffnete eine schwere Kassettentüre neben der, in Messing gefasst, ihr Name auf, einem polierte Schild stand.

Hannes und Julia nahmen auf zwei Chintz Sesseln Platz, während Mrs. Wilson in einen wuchtigen Lederstuhl setzte.

„Zunächst einmal", begann Mrs. Wilson „möchte ich mich bei ihnen bedanken, dass sie den Weg von Deutschland, wo liegt diese Freiburg eigentlich genau? Im Süden nicht wahr? bis hierher nach Portsmouth auf sich genommen haben."

„Nun ja" entgegnete Hannes „gänzlich uneigennützig war die Reise ja nun nicht." Mrs. Wilson lächelte und entblößte dabei große jedoch regelmäßige Zähne, was Hannes entfernt an ein Pferdegebiss erinnerte. „Und ja, Freiburg liegt im Südwesten Deutschlands."

„Hatten sie eine angenehme Reise?" erkundigte sich Mrs. Wilson in einem verbindlichen Tonfall.

„Ja das hatten, wir" antwortete nun wiederum Julia.

Plötzlich zog Mrs. Wilson die Stirn kraus und meinte etwas aufgeregt „Oh, entschuldigen bitte. Ich habe es völlig versäumt ihnen etwas zu trinken anzubieten."

Nachdem kurze Zeit später auch diese Formalität erledigt und Mrs. Wilson bei der Vorzimmerdame Kaffee und Wasser geordert hatte, öffnete sie eine Aktenmappe die vor ihr auf einem gewaltigen Schreibtisch aus poliertem Teakholz lag, richtete sich auf, nahm sozusagen Haltung für den nun folgenden Akt an, rückte ihre Hornbrille zurecht, räusperte sich und begann.

„Wie sie natürlich durch unser Schreiben an sie wissen, geht es heute hier um das potentielle Erbe dessen Erblasser ihr Anverwandter war."

„Entschuldigen sie" wendete Hannes ein. „Was meinen sie mit potentiell?"

„Nun" entgegnete Mrs. Wilson, „potentiell insofern, als das sie zunächst einwilligen müssen das Erbe anzutreten."

„Ach so natürlich." Hannes grinste betreten. „Klar".

Mrs. Wilson lächelte milde und begann „Kein Problem. Woher sollen sie das auch wissen. Daher ist es nun sicherlich am besten wenn wir nun zu Verlesung des Testaments, sprich zur Eröffnung des Testaments kommen."

Hannes nickte. Mrs. Wilson sah von Hannes zu Julia und wieder zu Hannes. Dann senkte sie ihren Blick auf das Papier vor ihr.

„Ich verlese nun das Testament." Mrs. Wilson räusperte sich noch einmal vernehmlich dann begann sie.

„Zunächst stelle ich fest, dass sichergestellt ist, das dieses Testament durch amtliche Verwahrung, in Form von Hinterlegung durch den hier in Portsmouth ansässigen Notar Nathaniel Miller, welcher diese letztwillige Verfügung auch notariell beurkundet hat, beim zuständigen Nachlassgericht, zum einen gefunden werden und zum anderen nicht gefälscht, bzw. verändert werden kann."

21

Boa was ein Juristengeschwafel dachte Hannes, lächelte aber.

Kommen wir nun zum Testament selbst.

„Auf mein Ableben hin verfüge ich, der hier unterzeichnende Gustav Karl Kipnik, geboren am 13.04.1931, wohnhaft in 21 Hurst Rd, Milford on Sea, Lymington SO41 0AQ, United Kingdom, wie folgt:

1. Alle früheren Verfügungen hebe ich hiermit auf.

2. Als Erben meines Nachlasses setzte ich Herrn Hannes Thomsen, Sachsenstraße 7, 79211 Denzlingen ein.

Im Einzelnen vererbe ich ihm:

a. Alle meine verbliebenen beweglichen Güter, derzeit eingelagert im Postamt Milford on Sea, Lagernummer 73283.

b. Alle Rechte am Eigentum der Brigantine „Little Rosi", gesunken am 13.09.1974 vor Massaua, Eritrea in der Dahlak Island Bay auf 15°41'49.9"N 39°59'58.4"E.

c. All mein sonstiges Hab und Gut.

3. Als Willensvollstrecker setze ich die Anwaltskanzlei Baxter & Hoover in Portsmouth ein.

Milford on Sea, 21. Oktober 2012

Unterzeichner: Gustav Karl Kipnik

Mrs. Wilson war zum Ende gekommen, blickte auf und sah erst Hannes dann Julia an und lächelte.

„Damit ist die Verlesung des Testaments beendet. Ich muss sie nun fragen, ob sie das Erbe antreten wollen oder nicht?"

Hannes sah verwirrt und etwas hilfesuchend erst Julia, die nur mit den Schultern zuckte und dann Mrs. Wilson an. „Also bevor ich das beantworte muss ich erst einmal fragen, ob ich das jetzt richtig verstanden habe. Ich habe also ein Schiff geerbt, das aber gesunken ist?"

„Ähm, ja das ist grob gesagt, richtig."

„Was soll ich denn mit einem gesunkenen Schiff anfangen?" Hannes musste lachen.

„Nun", entgegnete Mrs. Wilson, „das kann ich ihnen natürlich nicht beantworten. Es ist auch nicht die Aufgabe eines Nachlassverwalters dem Erbnehmer zu erklären was er mit seinem Erbe anfangen soll. Ich bitte hier um Verständnis."

„Ja klar, das war auch eher eine rhetorische Frage." Hannes stockte, er überlegte kurz. „Und das andere?"

Mrs. Wilson lächelte nun wieder und antwortete: „Sie meinen ihr weiteres Erbe?"

Hannes nickte. Mrs. Wilson fuhr fort. „Was die beweglichen Güter angeht, kann ich ihnen leider nichts dazu sagen. Diese werden ihnen auf dem Postwege, in den nächsten Tagen, an ihre Privatadresse in Deutschland zugestellt. Sicher interessiert sie der Punkt c. aus dem Testament?"

Hannes räusperte sich verlegen. „Ja schon" meinte er mit belegter Stimme.

„Es gibt ein Konto bei der örtlichen Bank." Mrs. Wilson legte eine kleine Kunstpause ein. Hannes und Julias Anspannung wuchs sichtlich. „Allerdings haben wir hier nur einen Umschlag bekommen, in welchem sich die online Zugangsdaten zu dem Konto befinden. Außerdem habe ich hier noch die Übertragung der Kontovollmacht auf sie, sowie der vom Finanzamt bestätigte und vom Probate Court ausgestellte Erbschein. Diese müssten sie noch gegenzeichnen."

Hannes rutschte unbehaglich auf seinem Stuhl umher und meinte dann mit einem enttäuschten Unterton: „Das ist also der Haken auf den ich die ganze Zeit gewartet habe."

Mrs. Wilson zog fragend die Brauen hoch und Julia sah etwas verunsichert zu ihrem Vater, als dieser fort fuhr. „Es kann also sein, das ich nur Schulden erbe und deshalb muss ich wohl auch erklären, ob ich das Erbe antreten möchte oder nicht? Habe ich das richtig verstanden?"

„Mr. Thomsen", begann Clara Wilson nun beschwichtigend „Da kann ich sie beruhigen. Der Kontostand ist auf jeden Fall positiv, denn wir haben erst vor kurzem den vertraglich vereinbarten Betrag, zur Deckung unserer Unkosten abbuchen lassen. Dazu haben wir uns natürlich zuvor bei der Bank erkundigt, ob das Konto eine entsprechende Deckung aufweist. Die Bank hat uns natürlich nicht gesagt wie hoch das Guthaben ist, das Bankgeheimnis, sie verstehen? Aber das Geldinstitut hat die Überweisung getätigt. Wir haben im Hinblick auf die heutige Testamentseröffnung auch nachgefragt, ob es weitere, dauernde finanzielle Transaktionen auf diesem Konto gibt, ich meine diese, wie heißt das deutsche Wort, dafür?"

„Meinen sie Daueraufträge?" fragte Hannes.

„Ja genau, das ist das Wort" Mrs. Wilson strahlte. „Weitere Daueraufträge gibt es nicht. Und die Erbschaftssteuer ist schon beglichen oder das Erbe liegt unter dem Freibetrag und eine Erbschaftssteuer fiel gar nicht erst an. Anders als in Deutschland ist das Finanzamt nicht an der erbenden Person, sondern am Erbe selbst interessiert. So ist es die Aufgabe des zuständigen Nachlassverwalters die Steuer über die Bank direkt zu entrichten. Das ist üblich so bei uns. Wichtig für sie ist lediglich der Erbschein. Das einbindet sie aber nicht davon prüfen zu lassen, ob sie nach dem Deutsch-britischen Doppelbesteuerungsabkommen, bei Erben im Ausland, eventuell in Deutschland Erbschaftsteuer zahlen müssen. Der Kontostand war seit dem Ableben ihres Verwandten und nach der finanziellen Abwicklung seiner Beerdigung und der steuerlichen Angelegenheiten etc., stabil. Mr. Kipnik hat bis zu seinem Tod in einem Zimmer des Seemannsheims von Milford on Sea gelebt. Das ist so eine Art Altenheim für Seeleute. Daher ist die Menge der vererbten beweglichen Güter, sagen wir überschaubar. Und weitere finanzielle Verpflichtungen in Form von Schulden oder Hypotheken gibt es nicht, das haben wir geprüft.

Hannes nickte. Er fühlte sich ein wenig überfordert, wusste aber dass er eine Entscheidung zu treffen hatte.

„Es bleibt jetzt für mich nur die Frage an sie übrig, ob sie das Erbe antreten wollen, oder nicht?"

Hannes und Julia sahen sich kurz an. Das Flackern in Julias Augen war ein eindeutiger Hinweis. Hannes überlegte. „Wenn ich das also kurz zusammenfassen darf, habe ich ein gesunkenes Schiff geerbt." Hannes konnte ein Lachen kaum unterdrücken, „Die wenigen, verbliebenen Habseligkeiten meines Urgroßonkels, oder was immer er auch für ein verwandtschaftliches Verhältnis zu mir hatte, sowie ein Bankkonto das zumindest nicht im Minus steht."

Mit ernster Miene antwortete Clara Wilson „Ja, das ist absolut korrekt."

„Ich stürze mich und meine Tochter also nicht ins finanzielle Chaos, wenn ich das Erbe antrete?"

„Nein", antwortete die Rechtsanwältin, „ich denke dass ich das ausschließen kann."

Ich habe zwar ein ungutes Gefühl bei der ganzen Sache dachte Hannes, sagte dann aber mit festem Ton und untermalt von einem Seufzer „OK, ich mache es. Ich trete das Erbe an."

Mrs. Wilson lächelte und drückte in genau diesem Augenblick einen kleinen Messingknopf, welcher in die Tischplatte eingelassen war. Ohne eine spürbare Verzögerung öffnete sich die Zimmertüre und ein älterer Herr mit imposantem Backenbart, in einem dunklen Anzug, der auch schon bessere Tage gesehen hatte, betrat mit einem Tablett auf dem Arm den Raum.

„Darauf stoßen wir an." meinte Mrs. Wilson und begann Champagner in entsprechende Gläser zu füllen.

Seit einigen Minuten saßen sie nun im Zug von Portsmouth nach London. „Sag mal Paps, geht es dir gut?" wollte Julia wissen?

„Ja klar, warum sollte es mir denn nicht gut gehen?"

„Du grinst irgendwie doof und schüttelst ständig leicht den Kopf. Muss ich mir Sorgen machen?"

Nun blickte Hannes seine Tochter an und lächelte sanft. Er wusste genau, dass Julia ihn deshalb auf diese Weise fragte, weil sie wissen wollte was in ihm vorging.

„Nein alles ist in Ordnung. Ich komme nur irgendwie nicht richtig drüber weg." Hannes musste laut lachen. „Wir haben ein Schiff geerbt, super! Leider ist es vor über dreißig Jahren am Arsch der Welt gesunken, nicht so super. Wir erben darüber hinaus den Nachlass eines alten Seemanns. Wollte ich schon immer haben. Bin ja selbst einer, also auch das ist richtig, richtig klasse. Was will man mehr?"

„Und das Konto?" wollte Julia wissen.

„Ach ja, da ist noch das Konto. Es ist zumindest nicht im Minus" sagte Hannes in einem Tonfall der vor Sarkasmus nur so troff. „Ich will aber nicht ungerecht sein, wir haben einen tollen Ausflug gemacht. Heute übernachten wir in einer Fünf Sterne Unterkunft und wir haben erlebt wie es ist, wenn man etwas erbt. War schon aufregend, oder?"

„Ja das war es." antwortete Julia. „Schade dass wir das Geld für die Reise und das Hotel nicht so bekommen haben, denn davon hätten wir locker eine Woche im Sommer in den Süden reisen können. Dieses ganze Testamentseröffnungsdings hätten wir ja auch am Telefon machen können."

Hannes seufzte zustimmend. „Stimmt, im Prinzip schon. Aber diese Rechtsanwältin hat mir erklärt, als wir damals telefoniert haben, das man bei einer Testamentseröffnung in Persona am zuständigen Gerichtsort erscheinen müsse."

„Schon klar, ich meinte ja nur."

In diesem Augenblick knisterten die Deckenlautsprecher und eine nasale Stimme verkündete, dass man in Kürze London erreichte.

„Na wenigstens ist der Zug jetzt pünktlich. Vielleicht schauen wir uns noch ein wenig die Stadt an, was meinst du?"

Kapitel 3

„Paps? Möchtest du auch einen Kaffee?"

„Au ja, ist 'ne prima Idee, auch wenn es schon etwas spät ist." antwortete Hannes und sah dabei auf seine Uhr. Es war kurz nach halb sechs. Vor einer knappen Stunde waren sie aus London zurückgekehrt. Hannes hatte erst einmal die Sachen aufgeräumt, die er auf die Reise mitgenommen hatte, die schmutzige Wäsche in die Waschmaschine getan und den Koffer in den Keller getragen. Manchmal fragte er sich, ob dieses Verhalten gesund war, ob er einfach nur einen kleinen Ordnungsfimmel hatte, weil er lange bei der Marine war und es dort darauf ankam, jeden kleinen Flecken Platz in der drangvollen Enge eines Schiffes effizient auszunutzen, oder ob andere einfach schlampiger waren als er. Julia hatte einfach ihre Sachen im Flur abgestellt, hatte sich in ihr Zimmer verzogen und erst einmal mit ihren Freunden gechattet. Jetzt stand sie in der Küche und werkelte an der Kaffeemaschine herum.

„Pahaps, der Kaffee ist bald alle."

„Ja und?"

„Na dann haben wir keinen Kaffee mehr!" bekam Hannes leicht schnippisch zur Antwort.

„Wie wäre es, wenn du einfach rüber in den Supermarkt gehst und neuen kaufst?"

„Ich?"

„Ja du. Ich bin schließlich nicht der einzige der in diesem Haushalt lebt und Lebensmittel verbraucht."

„Ja aber du hast ein Auto und ich nicht."

„Du hast ein Fahrrad. Mit Korb. Und Kaffee wiegt je nach Packungsgröße nicht mehr als ein Kilo. Das schaffst selbst du."

„Oa Paps, manchmal bist du echt ätzend, mit deiner Penetranz."

„M hm, kann schon sein. Du meine liebe Mitbewohnerin, bist aber -immer ätzend- mit deiner Faulheit. Und in deinem Zimmer sieht es aus wie in einem Handgranatenwurfstand."

„Immer die gleiche Leier" sagte Julia als sie aus der Küche kam, mit dem Kaffee für ihren Vater in der Hand. „Was machst du da?" wollte sie wissen. Hannes saß vor dem Laptop den er gerade eingeschaltet hatte und wartete darauf dass dieser hochgefahren war. Dann nahm er einen Umschlag zur Hand und zog einen Bogen Papier heraus, den er entfaltete und vor sich auf den Tisch neben den Laptop legte.

Julias Augen weiteten sich. Mit einem Blick hatte sie erfasst was ihr Vater im Begriff war zu tun.

„Du willst dir den Kontostand ansehen, oder?" sagte sie und ihre Aufregung war ihrer Stimme deutlich zu entnehmen. Hannes nickte nur und klickte auf dem Bildschirm herum und tippte eine Internetadresse in den

Browser. Die Anmeldeseite der Bank erschien und Hannes öffnete das Login Fenster. Nun tippte er die Anmeldeinformationen die auf dem Brief standen in die dafür vorgesehenen Felder. Er spürte wie sein Herz schneller schlug und bis in den Kopf hinauf klopfte. Julia hatte sich neben ihn gesetzt und reckte nervös den Hals.

Der Bildschirm baute sich neu auf. Beide hielten den Atem an. Doch der Inhalt der Seite war, wie so oft, verwirrend und Hannes musste die Seite erst einmal studieren, um zu sehen wie er nun navigieren musste. Dann hatte er die Schaltfläche gefunden, die er suchte. Sie war mit „Account Balance" beschriftet. Hannes bewegte den Mauszeiger darauf und klickte auf die Maustaste. Die Anzeige verschwand und baute sich unmittelbar darauf neu auf. Vier Augen huschten über den Bildschirm und blieben schließlich an einer Zahl unten rechts hängen. Daneben stand „Current Account Balance", also aktueller Kontostand. Die Zahl, die dort stand war schwarz, also war das Konto tatsächlich im Guthaben. Als Hannes die Zahl erfasst hatte, stieß er die angehaltene Luft stoßartig aus und machte damit seiner Anspannung Luft. Julia quietschte. Die Zahl vor dem Komma hatte mehrere Stellen. Hannes las sie laut vom Bildschirm ab. Dreihundertzwanzigtausendvierhundertzweiunddreißig Komma sechsundsechzig Britische Pfund." Sehr viel leiser fügte er hinzu „Ach du heilige Scheiße."

Heißt das jetzt wir haben Dreihundertzwanzigtausend?"

fragte Julia aufgeregt.

„Ja es ist sogar mehr." sagte Hannes und öffnete eine andere Website mit einem Währungsrechner. „Nach heutigem Wechselkurs sind es; Dreihundertvierundsechzigtausend Euro."

Julia schlug sich die Hand vor den Mund. Dann streckte sie Hannes die Faust zum abklatschen entgegen. Kurze Zeit später hatte Hannes mit Hilfe des Internet herausgefunden, das in seinem Falle 30% Erbschaftssteuer zu entrichten waren. Blieben aber immer noch 255.155€.

„Und was machen wir jetzt damit?" wollte Julia wissen.

„Ich denke" Hannes machte eine Pause „ihiich" wieder eine Pause „stelle jetzt eine Putzfrau für dein Zimmer ein. Aber vorher köpfen wir erst einmal eine Flasche Sekt, was meinst du?"

Die nächsten Tage empfand Hannes im Nachhinein schon als sonderbar. Getragen von einem Hochgefühl schwebte er durch sie hindurch, ließ die Arbeit, vor allem die Probleme dabei, Arbeit sein, war stets gut gelaunt und träumte vor sich hin. Er empfand eine tiefe Dankbarkeit, dass das Schicksal es so gut mit ihm gemeint hatte.

Als junger Mann war er einige Jahre auf Frachtschiffen zur See gefahren und hatte dabei Länder besucht, deren ökonomische Situation eine große Armut der Bevölkerung mit sich brachte. Später dann, hatte er sich bei der Marine für 12 Jahre verpflichtet und war Offizier geworden. Während dieser Zeit hatte er auch Einsätze in Krisen- und Kriegsgebieten absolviert. Ihm war daher immer bewusst gewesen, wie gut es den Menschen in Deutschland im Vergleich zu vielen anderen ging. Oft verstand er nicht, weshalb sich so manch ein Kollege oder Bekannter über die eigenen Lebensumstände beschwerte. Seiner Meinung nach müssten all die Nörgler und Neider, Besserwisser und Populisten einfach mal ein halbes Jahr in einem Dritte Welt Land leben, damit sie wirklich verstehen wie gut es ihnen geht und welche Umstände dazu geführt hatten, das andere Volkswirtschaften nicht so florierten wie die unsere und das dies meistens nicht die Schuld der breiten Bevölkerungsschichten war. Die Ursachen dafür waren so unterschiedlich und schwer zu fassen, wie Wolken an einem Herbsthimmel. Er empfand es als großes Glück, das er in einem Land wie Deutschland mit all seinem Reichtum und den Möglichkeiten die es bot aufwachsen und leben durfte.

Und jetzt auch noch dieses Erbe. Es war unbeschreiblich. Er überlegte oft und lange, meist wenn er sich abends ins Bett gelegt hatte, was er mit seinem neu gewonnen Reichtum anfangen könnte. Es war ihm natürlich bewusst, das 250.000€ nicht ausreichten, um nicht mehr arbeiten gehen zu müssen, aber man konnte doch einiges damit anfangen. Am Ende kam er aber zu dem Schluss, dass er im Grunde an seinem Leben gar nicht viel ändern wollte, war er doch mit sich und seiner Lebenssituation völlig zufrieden. Er war nicht der Typ der stets danach strebte, mehr zu besitzen als er bereits hatte. Wenn es sich ergab, freute er sich natürlich über neue, schöne Erlebnisse oder Dinge. Er dachte oft, dass es ein Glück war, das er genießen konnte, was er hatte und nicht dem hinterher hechelte, was er nicht hatte. Ein Riesenhaus, eine PS Schleuder, teure Accessoires oder Markenkleidung waren ihm nicht wichtig. Wobei das natürlich nicht bedeutete dass er nicht auf sich, seine Sachen oder seine Kleidung achtete. Im Gegenteil. Er mochte Klassiker und hatte über die Jahre, einen seiner Meinung nach, zurückhaltend geschmackvollen Stil entwickelt.

So war die anfängliche Aufgeregtheit einem wohligen Gefühl einer zusätzlichen finanziellen Sicherheit gewichen. Für Julia würde er ein kleines Auto kaufen und sein alter Audi hatte auch schon bessere Tage gesehen und könnte in absehbarer Zeit durch ein neueres Modell ersetzt werden.

Hannes schlenderte ein wenig Gedankenverloren durch den kleinen Supermarkt an der Ecke, ganz in der Nähe seiner Wohnung. Er wollte für das Abendessen noch ein paar Sachen einkaufen, Julia hatte sich was Gesundes gewünscht, also einen Salat oder so und der Kaffee war ja auch fast alle.

Aus dem Augenwinkel erhaschte er etwas Rotbraunes. Er sah sich danach um und da war sie wieder. Dieses Mal waren die seidigen Haare hochgesteckt und sie trug ein Kostüm. Vermutlich kam sie genau wie er direkt von der Arbeit und kaufte noch schnell etwas ein. Er betrachtete sie, wie sie da von Regal zu Regal ging, hier und da etwas heraus nahm, zurück- oder in den Einkaufswagen legte.

Wie so oft wenn man direkt angeschaut wird, bemerkte auch sie unbewusst Hannes Blick und sah ihn an. Hannes gewahrte es einen Augenblick zu spät und ihre Blicke verfingen sich etwas zu lange in einander. Verflixt dachte er und drehte sich schnell weg. Wie peinlich, jetzt hatte sie gemerkt dass er sie anglotzte. Als wäre nichts gewesen, schob er seinen Einkaufswagen weiter. Er ging zur Kasse und stellte ich in die Reihe. Als er sich etwas später unwillkürlich nach seinem Hintermann umdrehte stand sie hinter ihm und lächelte ihn offen an.

Wenig später drehte Hannes den Schlüssel im Schloss um und schob die Türe zu seiner Wohnung auf. „Hallo, jemand da?" rief er aus dem Flur in die Wohnung.

„Im Wohnzimmer!" rief Julia. Hannes ging durch den Wohn- Essbereich um in die Küche zu gelangen. Er wollte die Einkäufe versorgen. Sein Blick fiel dabei auf Julia, die im Schneidersitz auf dem Sofa saß. Hannes blieb abrupt stehen. Was war das?

„Der Weihnachtsmann war da." sagte Julia, während sie in einer ausschweifenden Geste auf die Pakete vor sich deutete.

„Der hat aber einen schlechten Geschmack und den Kalender kennt er offensichtlich auch nicht." antwortete Hannes grinsend. Mehrere große und kleine, in braunes Papier eingeschlagene und mit Klebeband verklebte Päckchen und Pakete waren auf dem Boden im Wohnzimmer verteilt. Der Nachlass seines Großonkels. „Komisches Geschenkpapier." meinte er, als er eines der kleineren Päckchen aufhob. „Dann machen wir jetzt mal Bescherung, oder willst du erst was essen?"

„Erst auspacken." war Julias knappe Entgegnung.

„OK, immer abwechselnd.", meinte Hannes „Du fängst an."

Etwa eine Stunde später türmten sich auf der einen Seite des Zimmers Verpackungsrückstände, auf der anderen Seite standen und lagen die geerbten Mobilien. Ganz langsam hatte ihnen sich das Leben von Gustav, oder besser gesagt, das was davon übrig geblieben war, vor ihnen ausgebreitet. In einer kleinen, hölzernen, mit maritimen Intarsien geschmückten Schatulle, fanden sie einige Schmuckstücke. Eine Halskette mit Anhängern in Form eines Kreuzes, eines Herzen und eines Ankers.

„Was bedeuten diese Anhänger?" wollte Julia wissen.

„Das ist so ein Seemanns Dings. Es bedeutet Glaube, Liebe Hoffnung." antwortete Hannes.

Ein Siegelring, eine goldene Armbanduhr und einen Orden mit einer seltsamen, undefinierbaren Schrift darauf befanden sich ebenfalls in dem hölzernen Kästchen. Eine andere kleine Kiste, die ursprünglich wohl Zigarren beinhaltet hatte, war angefüllt mit Fotografien, die zumeist auf der Rückseite in englischer Sprache, handschriftliche Erklärungen aufwiesen.

Da war ein kleiner Koffer. In ihm war fein, säuberlich ein Anzug mit einer hellen Nadelstreifenhose, einer dunklen Weste und einem Jackett mit langen Rockschößen verstaut. Jedes Teil war separat in Seidenpapier eingepackt „Das ist ein Stresemann, so nennt man so einen

Anzug." bemerkte Hannes als Julia die einzelnen Teile ausgebreitet hatte.

„Wow, nicht schlecht." sagte Julia. „Schau mal Paps, da sind auch noch ein Hemd und eine silberfarbene Krawatte. Willst du es mal anprobieren?"

Hannes schlüpfte in den Frack. Er passte wie angegossen. „Puh, der riecht aber stark nach Mottenkugeln."

„Ja aber er passt, wie für dich gemacht." Julia schlüpfte in die Weste. „Schau mal hier drin ist eine Melone". Julia hatte eine Hutschachtel geöffnet und eine Melone heraus genommen. Sie setzte sie auf. In einem weiteren, länglichen Paket war ein abgenutzter Gehstock, ein seltsamer grober Wanderstab und ein edel wirkender Regenschirm zu finden gewesen. Julia schwang den Schirm an seinem Griff und schob die Melone keck, ein wenig schräg auf ihren Kopf und fragte: „Na, wie sehe ich aus?"

Hannes der der gerade eines der Fotos besah, blickte kurz auf und meinte: „Very British".

„Ja nicht? Das ist ja echt ein toller Anzug, wenn auch ein wenig aus der Mode gekommen. Schau mal." Sie hielt ein Paar schwarze, auf Hochglanz polierte Lederschuhe in die Höhe. „Die gehören sicher auch zu dem Anzug, was meinst du?"

„Kann sein, aber diese weißen Handschuhe hier mit Sicherheit. Das sind dann aber auch die einzigen Klamotten."

„Ne, schau mal hier ist noch `ne Hutschachtel. Mit einer Kapitänsmütze." Julia stülpte die Mütze ihrem Vater auf den Kopf."

Hannes hielt ein kleines Ölgemälde in die Höhe, vielleicht 20 auf 30 Zentimeter. „Das hier", er deutete auf das Bild „ist wohl mein Schiff."

„Zeig mal". Julia stellte sich neben ihren Vater. „Hübsch."

„Was? Das Bild oder das Schiff?"

„Hm, beides. Schade das es abgesoffen ist."

„Allerdings. Sonst wäre ich jetzt Käpt'n Thomsen und du mein erster Offizier."

„Und was ist das?" Julia deutete auf ein rundes Tongefäß mit Deckel, welches sie aus einem goldfarbenen Kasten genommen hatte.

Hannes sah zu Julia, die den Topf aufgehoben hatte. „Das sieht fast aus wie so ein Römertopf. Oma hatte so ein Ding." Julia nahm den Deckel ab.

„Uh, und er stammt wohl aus der Römerzeit. Der Bodensatz hier drin sieht jedenfalls so aus." Hannes legte das Bild zur Seite und spähte in das Tongefäß.

„Was ist das da drin?" Hannes steckte eine Hand in den Topf und kratzte mit einem Fingernagel etwas von dem Bodensatz ab. „Hm." Hannes hielt Julia den Finger vors Gesicht.

„Keine Ahnung, sieht wie ein Samen aus, oder so."

„Da hat sich dein Studium der Biologie ja schon bezahlt gemacht." sagte Hannes und lachte leise.

„Du bist doof Paps, ich bin erst im dritten Semester."

„Und was ist da drin?" Hannes deutete auf einen abgestoßenen Schuhkarton.

„Ein ganzer Stapel alter Briefe. Und hier schau mal, diese kleinen Figuren. Sieht aus wie Elfenbein."

Neben einem kleinen ziselierten Tischchen, es war der größte Gegenstand den sie ausgepackt hatten, lagen zuletzt noch ein kleine, flache Pappschachtel und ein paar Bücher. Hannes öffnete den Karton und nahm etwas heraus, das aussah wie ein Stück einer Steinplatte. Sie bestand aus einem rötlich-beigen Material. Es sah aus, als sei sie nur ein Teil einer größeren Platte. Es war ganz offensichtlich, denn sie hatte an den unregelmäßigen Seiten grobe Bruchkanten. Nur eine Seite sah aus, als ob sie eine bearbeitete Kante hätte. Die eine, flache Seite, war glatt und geschliffen. Er drehte das Stück um. Auf der anderen Seite waren Gravuren zu sehen. „Das sieht aus wie Hieroglyphen."

„Zeig mal her." Julia nahm Hannes das Stück aus der Hand.

„Welches Urteil fällt die angehende Geschichtsprofessorin?" Julia rollte genervt mit den Augen. „Das sieht wirklich aus wie Hieroglyphen."

„Hat er vielleicht mal aus Ägypten oder so mitgebracht." meinte Hannes „Und diese kleinen Elfenbeinfiguren haben chinesische Zeichen auf der Unterseite."

„Was machen wir jetzt mit den ganzen Sachen?"

„Keine Ahnung, mal sehen. Für das Tischchen finden wir vielleicht ein schönes Plätzchen im Wohnzimmer. Und das Gemälde hänge ich vielleicht in meinem Zimmer auf."

„Genau, weil da auch keine Bilder von Schiffen hängen." Julia grinste.

„Wer ist hier doof?" Hannes seufzte. „Wollen wir uns jetzt den Salat machen?"

„OK, ich mache den Salat und du hängst das Bild auf."

„Gute Idee." antwortete Hannes, legte das steinerne Fragment auf den Wohnzimmertisch und sah sich noch einmal das Gemälde an. „Schau mal hier auf der Rückseite. Da ist noch ein Brief. Er ist mit Klebeband festgemacht."

Kapitel 4

„Nicht schlecht der Salat." Hannes nahm sich nach. „Besonders die Fußschwanzkrebse, die kleinen Kartöffelchen und der Rucola harmonieren super mit dem Weißwein."

Julia prustete los. „Was für Flußdinger?"

Unverständnis schlug ihr entgegen. „Na das Rote da."

„Das sind Cherry Tomaten."

„Nein das andere."

Julia lachte und verschluckte sich beinahe. „Flußkrebsschwänze sind das."

„Sag ich doch."

„Nein du hast Flußschwanzkrebse gesagt."

„Hab ich? Na jetzt krieg dich wieder ein. So lustig war das auch wieder nicht."

„Doch, das war es, echt witzig Paps." Julia wischte sich mit ihrer Serviette den Mund ab und fügte hinzu. „Wie spät ist es eigentlich?"

Hannes sah auf seine Uhr. „Zwanzig nach sieben."

„Oh, du trägst die alte Uhr von Großonkel Gustav, schön. Was ist das eigentlich für eine."

„Omega Seamaster steht drauf."

„Ist die was wert?"

„Das weiß ich nicht. Ich werde sie auf jeden Fall zum Uhrmacher bringen. Die Uhr ist aus Gold und man kann sie aufarbeiten lassen. Hab mal im Fernsehen einen Bericht darüber gesehen."

„Ja, mache das. Ist eine gute Idee. Ich wollte mich gleich noch ein bisschen mit Franzi treffen, ist das OK?"

„Ja klar, wann bist du denn in etwa wieder da?"

„Wie sagst du immer, - vor Mitternacht." Julia grinste ihren Vater an.

Hannes grinste zurück. „Na gut, viel Spaß mein Schatz."

Eine halbe Stunde später hatte es sich Hannes mit einem Glas von dem Weißwein, den er schon zum Abendessen gehabt hatte, auf der Wohnzimmer Couch bequem gemacht. Die Kistchen mit den Briefen und Fotos standen vor ihm auf dem Tisch. Er nahm das Gemälde zur Hand. Darauf war zweimastiges Schiff, mit grünem Rumpf und schlanken Linien abgebildet. Eine Brigg dachte Hannes. So etwas war immer sein Traum gewesen. Ein eigenes Schiff. Als Kind hatte er schon davon geträumt. Zwei Masten mit Rahsegeln. Wie groß war sie wohl gewesen? 25 Meter schätze Hannes. Für einen Moment ließ er das kleine Bild sinken. Seine Gedanken schweiften ab. Er dachte daran, wie es war, als er während seiner Marinezeit auf dem Schulschiff Gorch Fock gefahren war. Oder später, nach seinem aktiven Dienst, als er von Zeit zu Zeit auf einem

Windjammer mitgefahren war, um Seeluft zu schnuppern. Ein verträumtes Lächeln schlich sich auf sein Gesicht.

Hannes drehte das Bild um. Er entfernte den Klebestreifen mit dem Brief und legte das Gemälde neben sich auf das Sofa. Der Brief war sehr dick und der Umschlag war nicht beschriftet. Da waren aber doch noch mehr Briefe gewesen, dachte Hannes, in der einen Schachtel.

Sie waren meist an seinen Onkel adressiert. Der Absender war auch fast immer der gleiche, eine gewisse Emilia Hurst aus New Haven. Waren da nicht noch Fotos in der Zigarrenkiste? Hannes hatte sich richtig erinnert. Vorhin, als er die Kiste das erste Mal öffnete, waren ihm einige Bilder ins Auge gesprungen, auf welchen eine junge Frau zu sehen war. Er nahm eines davon heraus. Auf der Rückseite stand mit Bleistift -With Emilia at the Empire State, May 1957-.

Auf dem Foto selbst lächelten zwei junge Leute in die Kamera. Ein Mann im Anzug, mit Hut und eine blonde Frau im Kostüm. So hast du also ausgesehen Onkel Gustav, dachte Hannes. Und Emilia war wohl deine Frau, oder Freundin. Mal sehen was in dem dicken Brief zu finden ist.

Milford on Sea, den 8.10.2012

Mein lieber Hannes, mein guter Junge,

Hannes stutze, was schreibt er denn da, er kannte ihn doch überhaupt nicht. Er las weiter.

Du denkst jetzt bestimmt, wie ich so etwas habe schreiben können, da ich dich doch überhaupt nicht kannte.

Das stimmt nur insofern, als das ich dir noch nie persönlich begegnet bin. Deinen Werdegang habe ich aber stets verfolgt, seit dem ich Ende der 1970ger Jahre das erste Mal Kontakt zu deiner Mutter hatte und diese mir berichtete, du wolltest unbedingt Seemann werden. Ich habe auch mitbekommen, dass du später Abitur gemacht und danach zur Marine gegangen, dort weiter zur See gefahren bist und eine Taucherausbildung absolviert hast.

Du siehst, ein kleines bisschen kenne ich dich schon.

Du wirst vielleicht denken, aber ich dich nicht? Das können wir ändern.

Ich will dir ein wenig aus meinem Leben berichten.

Da ich mit einiger Sicherheit davon ausgehen kann, dass du den Nachnamen deiner Großmutter kennst, ist dir natürlich klar, dass ich dem amerikanischen Zweig der Familie deiner Mutter entstamme. Meine Eltern sind nach dem Ende des Ersten Weltkriegs in die USA ausgewandert. Geboren wurde ich 1931 in Bridgeport CN.

Mein Vater Alfons ist in Ortelsburg, Kreis Jellinoven in Masuren, im heutigen Polen geboren. Er hat dort den Beruf des Kettners und Küfers erlernt. Daher bestritt er seinen Lebensunterhalt mit der Herstellung und

Reparatur von Fischernetzen und Fässern. Davon konnte er aber mehr schlecht als recht leben. 1920 entschied er sich daher, zusammen mit seiner älteren Schwester Karla, in die USA auszuwandern. Er war damals gerade einmal siebzehn Jahre alt. In Bridgeport schlug er sich zunächst als Tagelöhner und Gelegenheitsarbeiter durch, bis er schließlich eine Heuer auf einem Fischereischoner fand. Mitte der zwanziger Jahre lernte er meine Mutter Mable kennen. Sie arbeitete ebenfalls im Fischereihafen. Ich war das jüngste von drei Kindern. Ich hatte zwei ältere Schwestern. Finanziell ging es uns meist nicht sehr gut und wir lebten von der Hand in den Mund.

Wie du, war ich von allem begeistert, was mit der Seefahrt zusammenhing. Nach der Schule ging ich fast immer in den Hafen. Meine Mutter kam erst am Abend nach Hause, meine älteste Schwester hatte eine Anstellung als Küchenhilfe gefunden und meine zweite Schwester ist mit neun Jahren an einer Lungenentzündung gestorben. Somit war ich zumeist auf mich allein gestellt. Der Hafen war meine einzige Abwechslung, Schiffe meine große Sehnsucht. Ich saß oft auf den Kais und sah den Schiffen nach, die aufs Meer hinaus fuhren. Manchmal ging ich auch einfach nur stundenlang am Strand spazieren. Ich suchte nach Strandgut, das ich in etwas Essbares eintauschen konnte.

Eines Tages beobachtete ich ein Boot, welches offensichtlich herrenlos auf dem Meer trieb. Ich wartete stundenlang, bis es schließlich soweit auf das Land zugetrieben war, das ich es watend erreichen konnte. Es handelte sich um ein kleines Ruderboot. So wie es gebaut war, hatte ich ein Tenderboot gefunden, das ein Sturm vom Deck eines Schoners oder kleinen Dampfers gespült hatte. Das Boot hatte ein kleines Leck und war halb voll Wasser gelaufen. Die Riemen, mit denen es gerudert wurde, waren gut festgebunden gewesen und noch immer an Bord. Ich verschloss provisorisch das Leck, schöpfte das Boot soweit leer, das ich es gut rudern konnte und brachte meine Beute in den Hafen.

Was war ich stolz und glücklich. Ich hatte noch nie etwas Eigenes besessen, von der Kleidung die ich trug einmal abgesehen. In dieser Nacht schlief ich an Bord, da ich große Angst hatte, es würde mir jemand meinen Fund wegnehmen.

Das rächte sich natürlich am nächsten Tag, da ich von meiner Mutter eine gehörige Tracht Prügel bezog. Sie verbot mir natürlich je wieder in den Hafen zu gehen und genau so natürlich gehorchte ich ihr nicht. Schon am nächsten Tag ruderte ich zu einer kleinen Werft, die am Pequannok River lag und kleine Boote wie meins reparierte. Ich nehme an der Besitzer hatte Mitleid mit mir, denn er akzeptierte milde lächelnd meinen Vorschlag, das ich als Bezahlung für die Reparatur des Bootes, Botenfahrten auf dem Fluss machen könne, bis ich meine Schulden bezahlt hätte. Ein irischer Zimmermann mit einem gewaltigen roten Bart und so kleinen Augen, das ich Mühe hatte diese zu erkennen, ersetzte die gebrochene Planke und dichtete das Dinghi ab.

Das ich nun eine Weile für die Werft Teile über den Fluss fuhr, hatte einen weiteren Vorteil. Ich lernte einige Leute kennen, für die ich dann später, nachdem ich bei der Werft schuldenfrei war, ebenfalls kleine Frachten mit meinem Ruderboot transportierte.

Bald hatte ich so viel verdient, dass ich mir Farbe kaufen konnte und das Boot neu anmalte. Bei einer Segelmacherei ließ ich mir eine Persenning anfertigen und schlief von nun an regelmäßig an Bord. Meine Mutter hatte es inzwischen akzeptiert und war sicher auch froh, dass ich mir meine Mahlzeiten zumeist selbst beschaffte und gelegentlich sogar etwas für sie und meine Schwester erübrigen konnte.

Da für den Boots Typ, den ich besaß, auch eine Segeleinrichtung verfügbar war, beschaffte ich mir diese bald darauf und konnte nun auch mit meiner Fracht in die nahe gelegenen kleinen Nachbarhäfen wie New Haven oder Norwalk segeln. Ich konnte dadurch mein Geschäftsfeld deutlich erweitern und bessere Frachten, zumeist Eisenteile, Armaturen, Tauwerk, Schiffsblöcke oder ähnliches transportieren. Es kam jetzt auch vor, dass ich gelegentlich einen ganzen Tag fortblieb. Das tat meiner schulischen Entwicklung nicht gut und meine Mutter vergalt es mir wie so oft mit einer Abreibung. Sie wollte natürlich nur das Beste für mich. Als mein Vater von einer Fangreise heimgekehrt war, machte er mir ebenfalls unmissverständlich klar, dass ich die Schule nicht vernachlässigen dürfe.

Von da an versäumte ich keine Unterrichtsstunde mehr, das kannst du mir glauben. Geschadet hat es mir jedenfalls nicht, doch ich sehnte den Tag meiner Schulentlassung herbei.

Eine meiner kleinen Transportfahrten, ich war glaube ich gerade fünfzehn Jahre alt geworden, brachte es mit sich, das ich einen alten Fischer namens Jonathan Bishop kennen lernte. Ich brachte ihm eine lange Leine, aus der er sich eine neue Großschot für sein Boot anfertigen wollte. John, wie er sich selber nannte, war schon recht betagt, ich denke er hatte die siebzig schon deutlich überschritten. Die Gicht plagte ihn ebenso, wie das Rheuma. Ein Tribut, den sein Körper für die lange Zeit auf See hatte bezahlen müssen. Wir kamen ins Gespräch und es wurde bald klar, dass John Hilfe brauchte. Das Schiffchen, das er sein Eigen nannte, war ein sogenannter Skipjack. Dieses schlanke, schnelle, etwa 12 Meter lange, einmastige Boot, war zum Austernfischen entworfen worden. Während des Segelns ließ man einen kleinen Bagger auf den Meeresgrund, welcher an einer langen Leine hinterher geschleppt wurde und die Austern auf diesem Wege vom Boden klaubte.

Der alte John war aber schon eine Weile nicht mehr in der Lage gewesen, den Bagger zu bedienen und hatte daher ein wenig umgesattelt und transportierte jetzt mit seiner „Lady Mary" Güter zwischen der Chesapeake Bay im Süden, New York und dem Block Island Sound im Norden, in dem auch Bridgeport lag. Im Grunde machte John das gleiche wie ich, nur mit einem größeren Boot und auf größere Entfernungen. Stolz erklärte ich ihm, dass ich mit meinem Bötchen ebenfalls Frachten fuhr. Er war ein gutmütiger, alter, kauziger Kerl. Ich traf ihn eine ganze Weile lang, immer wenn ich an der Stelle vorbei kam, lag die Lady Mary auch dort. Ich ging längsseits und wir hielten ein Schwätzchen. Ich fragte ihn eines Tages, wann er denn das nächste Mal zu einer Fahrt aufbrechen wolle. Es stellte sich heraus, dass er zwar Angebote genügend hatte, aber er meinte, er würde es alleine wohl nicht mehr schaffen, das Boot sicher über das Meer zu bringen.

Keck, frech und strotzend vor Selbstvertrauen, bot ich ihm an bei ihm als Jungmann anzuheuern. John meinte zwar, er könne sich eine Heuer nicht leisten, als ich ihm aber anbot Hand gegen Koje zu fahren, willigte er ein. Denn mehr als das tägliche Brot erwirtschaftete ich mit dem kleinen Dinghi auch nicht. Und ich wollte schließlich raus aus Bridgeport und die Welt sehen. Ein paar Tage später dann, ging es los. Meine erste Seereise. Meine Mutter hatte mir natürlich nicht erlaubt, Seemann zu werden. Wie aber schon zuvor, habe ich mich nonchalant darüber hinweg gesetzt und bin, einen kurzen Brief zurück lassend, ausgebüchst. Die Strafe in Form einer heftigen Seekrankheit folgte auf dem Fuße. Wir fuhren zuerst den East River nach New York hinauf. Von dort aus passierten wir meist in Landsicht die Küste von New Jersey und Delaware. Das kleine Boot rollte und stampfte in der Atlantik Dünung wie verrückt und ich opferte dem Meeresgott mehr als einmal meinen Mageninhalt.

Nach dem wir die Südspitze von Hog Island gerundet hatten, nahm der Seegang schnell ab und es dauerte nicht lang bis ich meinen alten Schneid zurückgewonnen hatte. Wir steuerten Hampton an und löschten dort unsere Ladung. Abends ging ich mit John in eine Kneipe und trank das erste Bier meines Lebens. Am Ende waren es sicher ein paar mehr. Als ich am nächsten Morgen in meiner Koje an Bord wieder aufwachte, hatte ich keine Erinnerung mehr daran, wie ich zurück aufs Schiff gekommen war.

Bei John erlernte ich von der Pike auf das Seemanns Handwerk. Zwei Jahre fuhr ich auf der Lady Mary. Es war eine herrliche, unbeschwerte Zeit. John war mir dankbar, denn er vertraute mir einmal auf einem längeren Seetörn an, dass er ohne mich wohl kaum so lange durchgehalten hätte. Doch dem Lauf der Dinge folgend, kam irgendwann das Unvermeidliche. Eines Morgens, wie bereits geschrieben, etwa zwei Jahre nach dem ich auf der Lady angeheuert hatte, stieg ich den Niedergang zu Johns Kajüte hinab. Ich weckte ihn. Ich merkte gleich, dass etwas nicht stimmte. Normalerweise überschütte er mich mit wüsten Flüchen und unflätigen Beleidigungen, weil ich ihn aus seinen Träumen gerissen hatte. An diesem Tag war das anders.

Er stöhnte nur und es dauerte eine ganze Weile bis er aufgestanden war. Er schleppte sich nach oben und hockte teilnahmslos an Deck, den Rücken an die die Wand der Ladeluke gelehnt. Ich kann nicht sagen, was es war aber ich vermute er hatte einen Herzinfarkt, oder einen

Schlaganfall. Ich steuerte mit der Lady Mary den nächsten Hafen an und sobald ich festgemacht hatte, sorgte ich dafür, dass John in ein Krankenhaus kam. Ich besuchte ihn noch einmal. Mit schwacher, brüchiger Stimme ließ er mich wissen, dass in seiner Seekiste ein Schreiben läge, welches regelte, was mit seinem Besitz geschehen sollte. In der Nacht starb John.

Ich saß an seinem Bett, bis er die Augen für immer geschlossen hatte. Schweren Herzens ging ich zurück an Bord. Ich kann dir sagen, es war ein befremdliches Gefühl, als die erste Nacht alleine auf der Lady Mary verbrachte. Am nächsten Morgen schlich ich mich noch im Morgengrauen in Johns Kajüte und suchte nach dem Brief. Ich kam mir wie ein Einbrecher vor.

John bat mich in dem Brief darum, nach seinem Tod die Lady zu verkaufen und vom Erlös seine Beerdigung zu bezahlen. Er wollte eine richtig große Beisetzung, mit vielen Reden, einem Totenschmaus und einem Grabstein aus Marmor. Den Rest des Geldes sollte ich behalten. So endete die Zeit mit John.

Ich erzielte einen guten Preis für das alte Mädchen. Es war eine schöne Feier. Lleider kamen außer mir und Johns Bruder keine Trauergäste. Der Totenschmaus war trotz alle dem nicht zu verachten und George, so hieß Johns Bruder und ich soffen die ganze Nacht hindurch und erzählten uns rührselige Geschichten über John.

Ich hatte nun zwar keine Beschäftigung mehr, aber dafür ein paar Tausend Dollar auf der Bank. Ich suchte ein paar

Heuerbüros auf und fand auch bald etwas. Ich hatte ja schon zwei Jahre Erfahrung und bekam eine Heuer als Leichtmatrose auf einem Küstenschoner. Der Skipper war ein übler Kerl und behandelte seine Leute nicht gut. Nach zwei kurzen Reisen musterte ich in Jacksonville wieder ab.

Am gleichen Abend fand ich mich in einer Hafenkneipe wieder. Ein nicht unbedeutender Teil meiner Barschaft verflüssigte sich, mein Alkoholpegel stieg und als ich die Augen am nächsten Morgen aufschlug, spürte ich warme, weiche Haut. Ich war in einem Bordell gelandet.

Mit dickem Kopf schlenderte ich durch die Straßen von Jacksonville, suchte und fand ein Heuerbüro und trug mich in eine Warteliste ein. Was nun, eine direkte Heuer gab es im Moment nicht, zumindest nicht hier. Ich schlenderte durch den Hafen. Dort erkundigte ich mich direkt auf den Schiffen nach Arbeit. Aber auch das war nicht von Erfolg gekrönt. Ich solle mich nach New Orleans aufmachen, da wäre mehr los. Entweder könnte ich auf einem Seeschiff anheuern, oder aber auf einem Mississippi Dampfer. Mit meinem letzten Geld erstand ich eine Fahrkarte und am übernächsten Tag erreichte ich die Stadt am Chandeleur Sound. Was war das für ein Unterschied zu den Städten an der Ostküste. Hier tobte das Leben. Es gab sehr vornehme Gegenden, aber auch das genaue Gegenteil davon. Aus allen Kneipen, Bars und Clubs drang Jazz, Swing oder Dixieland. Kennt ihr das heute überhaupt noch? Der Schnaps war billig und die Frauen willig. Es waren wilde Wochen. In meiner Börse herrschte bald Ebbe. In meinem Magen ebenso. Ich brauchte jetzt dringend eine Heuer.

Im Hafen fiel mein Blick auf einen schönen, kleinen, hölzernen Segler, eine Brigantine.

Und ich hatte Glück, zumindest in diesem Augenblick. Die Pearl war ein schmucker Segler, von 21 Meter Länge über alles. Ein wenig runter gekommen zwar, aber soweit ich es beurteilen konnte, technisch völlig in Ordnung. Eine Schott öffnete sich und einige Personen traten an Deck. Soweit ich es mit bekam, waren es der Kapitän und sein Agent. Die dritte Person, eine junge Dame von besonderer Schönheit, zog mich sofort in ihren Bann. Ich bin mir nicht sicher, aber ich glaube ich schaute sie mit offenem Mund an, denn der Skipper blaffte mich an, was ich zu glotzen hätte und was ich wolle. Auf meine stotternde Antwort hin, ich suche eine Heuer, schickte er mich zum Maat. Der Maat, ein kleiner Kerl mit engstehenden Augen und einer fettklebenden Frisur, beäugte mich kurz und bot mir dann einen Posten als Leichtmatrose an. Fein dachte ich, trug mich in die Musterrolle ein, bekam eine Koje im Vorschiff zugewiesen und die Anweisung zur Auslaufmusterung am nächsten Morgen, spätestens an Bord zu sein.

Als ich wieder an Deck kam, verabschiedeten sich die Gäste gerade beim Kapitän und gingen auf die Gangway zu. Ich hielt mich im Hintergrund und ließ ihnen den Vortritt. Als sie an Land waren, verließ ich die Pearl ebenfalls. An die nun folgenden Ereignisse erinnere ich mich nur schemenhaft, da alles sehr schnell ging. Auf jeden Fall wollten der Agent und die junge Dame, die Straße die parallel zur Kaimauer verlief queren, da ihr Auto dort geparkt war. Der Mann ging etwas schneller, da er das Auto noch aufschließen wollte. Plötzlich blieb die Frau mitten auf der Straße stehen. Sie war mit einem Absatz in die Spalte zwischen zwei Pflastersteine geraten und steckte fest. Genau in diesem Augenblick schoss ein Lieferwagen mit hoher Geschwindigkeit um die Kurve und raste auf das Fräulein zu. Ohne lange zu überlegen hechtete ich auf die Straße, griff nach der Frau und zerrte sie gerade noch rechtzeitig von der Fahrbahn. Gott sei Dank war sie unverletzt, nur der Schuh war hin, den hatte der Wagen überrollt und zerquetscht.

Du kannst dir denken, dass dem Mädel der Schreck ins Gesicht geschrieben stand. Es stellte sich schnell heraus, dass ihre Begleitung ihr Vater war. Sein Name war Nathaniel Hurst und der der jungen Dame, Emilia.

Man verabschiedete voll des Dankes von mir, Mr. Hurst reichte mir seine Karte.

Hannes dachte bei sich, aha Emilia Hurst, die Frau von den Fotos.

Am nächsten Tag stachen wir in See. Mein neues Fahrtgebiet war die Karibik. Für einen jungen Mann wie mich, war es fast schon wie im Paradies. Diese wundervollen Inseln, die freundlichen Menschen, das gute Wetter. Das einzige Problem war der Skipper. Die Besatzung bestand aus eben diesem, dem Maat, er war Brite und kam aus London, einem weiteren Matrosen, dem Schiffsjungen, der auch das Essen zuzubereiten hatte und mir.

Der Alte war, um es auf den Punkt zu bringen, ein Säufer. Ein guter Seemann zwar, wenn er denn einmal nüchtern war, aber ansonsten eine Zumutung. Er brachte uns einmal durch einen Hurrikan, der uns beinahe versenkt hätte, was mir ihm einen gewissen Respekt abnötigte, ein anderes Mal aber liefen wir auf eine Korallenbank, weil er im Vollrausch eine falsche Kursangabe gemacht hatte. So war die Zeit an Bord der Pearl ein stetes Auf und Ab.

Kapitel 5

Die gute alte „Pearl" litt sichtlich unter der Behandlung ihres Kapitäns. Sein Name war Artjom Winogradow und wie sein Name vermuten lässt, stammte er von russischen Einwanderern ab. Arti, wie er allgemein nur genannt wurde, gab mehr Geld für Schnaps, Bier und Wein aus, als für die Erhaltung des Schiffes. Schäden wurden nur provisorisch repariert, an allen Ecken und Enden wurde geflickt. Die Stimmung an Bord wurde mit der Zeit immer schlechter, der zweite Matrose und der Schiffsjunge liefen davon und wurden durch zwei andere Männer ersetzt. Pike Longmore, der Maat war auch nicht besser. Ich hatte bisweilen das Gefühl, das Pike den Alten mit Alkohol versorgte, so dass dieser ständig benebelt nichts von den faulen Geschäften seines Maats mitbekam.

An einem Abend im Frühjahr 1952 eskalierte die Situation, als der Alte mal wieder voll bis über beide Ohren an Deck stand und sich kaum auf den Beinen halten konnte. Wir hatten eine Ladung Baumaterial für Cockburn Harbour auf South Caicos Island, welche zu den Turks- und Caicos Inseln gehört, die im Süden an die Bahamas grenzen. Wir waren auf West Kurs und mussten eine Enge zwischen einer kleinen Insel, die Dove Kay heißt und der Süspitze von South Caicos passieren. Da der Arti die Strömung zwischen den Inseln falsch eingeschätzt hatte, dauerte es nicht lange und wir gerieten bei Dove Kay auf Grund und das Schiff schlug leck. Wir bekamen die Brigantine wieder frei und erreichten mit Müh und Not Cockburn Harbour. Nach einer eingehenden Inspektion wurde festgestellt, dass ein paar Planken erneuert und ein gebrochener Spant ersetzt werden mussten. Doch der Alte hatte kein Geld mehr, um das Schiff wieder in Stand zu setzen. Da rastete Pike aus und drohte Arti sogar an, ihm den Schädel einzuschlagen, wenn wir nicht bald weiter kämen. Der Grund dafür war, dass der Maat auf eigene Rechnung Gewürze als Terminware hatte laden lassen, von denen unser Kapitän natürlich keinen blassen Schimmer hatte.

Ich sah meine Chance gekommen und schlug Kapitän Winogradow vor, Anteilseigner an der Pearl zu werden. Mit dem Geld könne er die Reparatur ausführen und noch einige andere Schäden beheben lassen. Ich verlangte dass er weniger soff und nach zähen Verhandlungen und ohne den Rest der Besatzung einzuweihen, setzten wir einen Gesellschaftervertrag auf. Ich kaufte mich mit 38 von 100 Teilen ein, mit gleichzeitiger Allein Verfügungsgewalt wenn einer der Anteilseigner das zeitliche segnete.

Die Pearl wurde repariert und das ein oder andere Verschleißteil wurde ersetzt, so dass wir fünf Wochen später die Weiterreise antreten konnten. Unser nächster Hafen sollte Veracruz an der Goldküste in Mexiko sein. Am Abend passierten wir die Meerenge zwischen Kuba und Haiti, um dann mit Kurs West Nord West an der kubanischen Küste entlang zu segeln, bis wir an der Yucatan Halbinsel vorbei, in den Golf von Mexiko laufen konnten. Als ich meine Wache antreten wollte, war der Maat ebenfalls an Deck und stritt sich lauthals mit dem Kapitän. Ich kann nicht genau sagen worum es ging, es hatte aber auf jeden Fall etwas mit dem geplanten Reiseverlauf zu tun.

Ich ging meine Wache, beendete diese und legte mich schlafen. Am nächsten Morgen war die Aufregung groß, als ich wieder an Deck kam. Alle außer mir und dem Kapitän waren bereits da. Der Schiffsjunge sagte, das Arti nicht im Bett gelegen habe, als er ihn zur Wache hatte wecken wollen. Man suchte ihn überall, doch er blieb verschwunden. Nachdem wir das Schiff zweimal von vorne nach hinten und von unten nach oben durchkämmt hatten, wurde es zu Gewissheit. Der Alte war nicht mehr an Bord.

Pike meinte nun, er könne das Kommando übernehmen. Er baute sich vor uns auf und lies uns wissen das er ja als Maat schließlich Stellvertreter des Kapitäns war. Im gleichen Atemzug befahl er einen Kurswechsel nach Süden. Wir fragten ihn natürlich was das solle, worauf er etwas ungehalten wurde. Aber im Grunde hatte er von Anfang an keine Chance. Als ich ihm dann auch noch eröffnete, das er gar nichts mehr zu sagen hätte, da ich inzwischen Miteigner der Pearl geworden war und nach dem vermeintlichen Tod des Kapitäns sogar der alleinige Eigentümer sei, ging er ohne Vorwarnung mit dem Messer auf mich los. Er erwischte mich sogar und fügte mir eine oberflächliche Wunde zu.

Er hatte die Rechnung allerdings ohne den Wirt, oder besser gesagt ohne die anderen Besatzungsmitglieder gemacht. Denn diese stürzten sich unvermittelt auf den Angreifer und überwältigten ihn. Der Schiffsjunge Carl

Mason erzählte uns anschließend das er in der Nacht beobachtet hatte, das Pike den Alten, der mal wieder völlig betrunken war, über Bord gestoßen hatte. Wir fesselten Pike und sperrten ihn im Kabelgatt ein. Als wir einige Tage später wohlbehalten in Veracruz eingelaufen waren, übergaben wir den Mörder der örtlichen Justiz und machten unsere Aussagen. Was aus Pike wurde ist mir nicht bekannt.

So kam ich zu meinem eigenen Schiff. Ich heuerte einen neuen Maat an, einen schweigsamen Mexikaner, der zwar nicht trank, dafür aber ständig eine stinkende Zigarre von einem Mundwinkel in den anderen schob und einen Matrosen der sich Louis nannte und behauptete Franzose zu sein. Ich glaubte ihm kein Wort, doch ließ ich auf sich beruhen. Jetzt hatte ich eine Besatzung mit der man durch dick und dünn gehen konnte. Es folgte eine gute Zeit. Das nächste Jahr hindurch fuhr die Brigantine ohne festes Ziel, aber trotzdem stetig die Ostküste Südamerikas hinunter, dann durch die Magellan Straße und die Westküste wieder hinauf, bis wir schließlich irgendwann wieder in US Amerikanische Gewässer kamen und San Diego anliefen. Wir gingen, bis auf den Franzosen, der Hafenwache hatte, alle an Land, um die Rückkehr in unsere Heimat gebührend zu feiern.

Als wir am nächsten Morgen in den Hafen zurückkamen, war die Pearl verschwunden. Ich dachte zunächst, wir hätten uns verirrt, bis wir den Franzosen auf einem Poller sitzend fanden. Er hatte auf uns gewartet und erzählte uns eine haarsträubende Geschichte. Am Nachmittag stand an

Deck, um die Sonne zu genießen und sah einem großen Dampfer zu, der ins Hafenbecken einlief. Dann passierte das Unglück. Anstatt entsprechend Ruder zu legen, um nach Backbord abzudrehen und seinen Liegeplatz anzusteuern, hielt das Schiff auf uns zu, ohne seine Geschwindigkeit wegzunehmen und rammte die Pearl mittschiffs. Loius berichtete, das er sich gerade noch aus dem Staub hatte machen können. Ein paar Kratzer am Arm, das war alles was zu sehen war, aber ansonsten ging es ihm gut. Die Pearl war in wenigen Minuten gesunken. Der Dampfer lag nur einige hundert Meter weiter, sicher an der Pier vertäut. Juilo mein Maat verteilte Zigarren an alle. Wir pafften eine Weile, wir überlegten gemeinsam und kamen natürlich zu dem einzig logischen Schluss.

Der Dampfer, ein chilenisches Schiff hatte am Bug ganz schön was abbekommen. Ich wollte den Kommandanten sprechen. Dieser empfing mich natürlich sofort, als er erfuhr das ich der Eigener und Skipper des Schiffes war, das er versenkt hatte. Er war natürlich sehr freundlich und bot mir und meiner kleinen Besatzung eine Unterkunft an Bord an. Es handelte sich um einen sogenannten Kombifrachter, der auch Kabinen für 12 Passagiere hatte. Der Frachter musste natürlich auch in die Werft, mit dem Schaden am Bug konnte er nicht weiter fahren. So war zunächst für unsere Unterkunft und Verpflegung gesorgt.

Ich kabelte unserem Agenten, was uns widerfahren war.

Nathaniel Hurst antwortete umgehend. Er ließ mich wissen, dass er bereits mit der Reederei des Chilenen, sowie mit unserer Versicherung Kontakt aufgenommen hatte. Eine weitere Information, die ich dem Fernschreiben entnehmen konnte war, dass ich mich in den nächsten Zug setzen sollte, der nach Los Angeles fuhr. Dort sollten ein paar Segler liegen, die vielleicht für mich interessant wären.

Ich nahm Julio, mit und wie fuhren auf Kosten der chilenischen Reederei nach L.A.

In einem abgelegenen Hafenbecken lagen einige Segler. Sie standen alle zum Verkauf. Segelschiffe waren aus der Mode gekommen. Frachtschiffe mit Dieselmotor hatten windbetriebene Schiffe abgelöst.

Eines der Schiffe gefiel mir besonders. Es hatte wunderschöne Linien, ein rundes Heck und einen Klipper Bug, wie es eigentlich nur die großen Windjammer hatten. Der Rumpf war aus Stahl und grün gemalt. Natürlich hatte dieser etwas Rost angesetzt und das Rigg lag, um es zu schonen, teilweise an Deck. Das gute Stück hatte schon ein paar Jahre auf dem Buckel. Gemäß den Schiffspapieren war es 1906 in Hammelwarden bei Hamburg auf der Lühring Werft gebaut worden. Es war mit 24,5 Metern nur unwesentlich länger und mit 6,40 Metern nur etwas breiter als die alte Pearl. Gebaut als Zweimastschoner, auf Rechnung für eine deutschen Reederei, wurde es bereits 1911 in die USA verkauft dort zur Brigg umgeriggt, fuhr von da an für wechselnde Eigner und transportierte alles was im stählernen Laib des Schiffes unterzubringen war. Ende der dreißiger Jahre verlor es in einem Sturm einen Teil des Großmastes und wurde dann zur Brigantine umgeriggt. Ich weiß nicht wie vertraut du mit Segelschiffen bist, eine Brigantine hat am ersten Mast Rah- und am hinteren Mast ein Gaffelsegel. Zwischen den Masten fährt sie Stagsegel.

Natürlich kenne ich mich aus, dachte Hannes, war er doch selbst eine ganze Zeit auf Windjammern zur See gefahren. Das waren Schulschiffe gewesen, die keine Fracht mehr fuhren, sondern Jugendlichen das besondere Erlebnis der Seefahrt unter Segeln näher brachten.

Wie bereits erwähnt, lag das Rigg zum größten Teil an Deck. Daher sahen die Masten ein wenig kahl aus. Alles war fein säuberlich unter Planen verpackt. Das Deck und die Aufbauten waren mit einer riesigen Persenning quasi einkokoniert. Alles das machte einen hervorragenden Eindruck. Wir inspizierten das Schiff vom Kiel bis zum höchsten Punkt der noch stehenden Takelage. Julio nickte bei jedem neu entdeckten Detail beifällig und nuckelte dabei aufgeregt an seinem Zigarrenstumpen. Das Schiff war ein sehr guter Ersatz für die Pearl und mit 104 Bruttoregistertonnen sogar etwas größer, als ihre Vorgängerin.

Der derzeitige Eigner war eine Schiffsverwertungsgesellschaft. Ihr Geschäftsführer, ein feister Typ in einem zerknitterten Anzug, jammerte mir etwas vor. Er hatte das Schiff schon beinahe verkauft, als der Interessent absprang. Dabei hatte er das Schiff für eine hübsche Summe zu Recht gemacht, damit es nicht weiter vor sich hin gammelte, wie all die anderen Kähne, die hier darauf warteten abgewrackt zu werden. Die Verhandlungen waren zäh. Da ich wusste wie hoch die Pearl versichert war, musste der Kaufpreis ein ganz schönes Stück unter der Erstattungssumme liegen. Um die Brigantine wieder in Fahrt zu bringen, musste ich noch einiges hinein stecken. Am Ende wurde mir ein Angebot unterbreitet, das nur knapp über dem Schrottwert des Schiffes lag.

Wir hatten ein neues Schiff, na ja neu war es nicht, aber für unsere Zwecke gut geeignet. Die chilenische Reederei, deren Schiff die Pearl auf ihre letzte Reise geschickt hatte, ließ sich auch nicht lumpen und steuerte ein hübsches Sümmchen bei. Darüber hinaus konnten wir auf dem ihrem Dampfer in einer Gästekabine wohnen, bis das Schiff auslief und sie stellten Teile ihres Personals ab, um uns zu helfen unsere Neuerwerbung aufzutakeln und in Schuss zu bringen.

Am Heck des Schiffes stand der Name. „Little Rosi". Warum nicht dachte ich und ich beließ es dabei.

Was waren wir stolz. An einem herrlichen Spätsommertag, liefen wir aus. Da die Little Rosi etwas größer und ihr Rigg etwas aufwendiger war, benötigte ich ein weiteres Besatzungsmitglied. Während der Instandsetzung hatten wir einen Argentinier an Bord, der sich sofort in unser kleines Schiffchen verliebt hatte. So nahm ich Joaquin Hernandez, als Leichtmatrosen in die Musterrolle auf.

Wir verließen den Ballona Creek bei Santa Monica und machten uns auf, mit Little Rosi die Welt zu erkunden. Ich war 23 Jahre alt.

Unser Agent war bemüht Frachten für uns zu bekommen, aber für einen alten Segler gab es nicht mehr viel zu tun. Ein Betätigungsfeld, dem wir uns jetzt aber zuwandten, war genau das richtige für ein Schiff wie unseres.

Die letzten großen Frachtsegler waren Mitte der dreißiger Jahre an die Kette gelegt und mittlerweile abgewrackt oder langen im hintersten Winkel eines Hafens als Kohlehulk, mit düsteren Zukunftsprognosen.

Kleine Schiffe wie das unsere, mit wenig Tiefgang und großer Wendigkeit hatten ihr Auskommen derzeit noch im Kopra Handel, da man mit ihnen zwischen den kleinen Südseeinseln und ihren vorgelagerten Korallenbänken gut navigieren konnte.

Unser Kurs führte uns zunächst über Honolulu auf Hawaii, dann Südsüdwest zu Süd nach West Samoa. Wir erreichten einige Wochen später Apia Harbour auf der Insel Upolu. Nach nur einer Woche Aufenthalt, wir wären gerne noch etwas länger in diesem Paradies geblieben, hatten wir den Bauch voller getrocknetem Kokosfleisch. Um daraus Palmöl zu machen, ging es zurück in unsere Heimat. Wir löschten unsere Ladung in L.A. und verholten dann nach Frisco, da wir für dort Order hatten. Wir sollten Maschinenteile für Papeete auf Tahiti laden, dann weiter nach Samoa segeln, um dort wiederum eine Ladung Kopra für die Westküste zu übernehmen.

Dort erwartete mich eine Überraschung. Unser Agent, samt seiner, du hast es dir sicher schon gedacht, hübschen Tochter kamen an Bord. Meiner Meinung nach, war sie seit unserer ersten Begegnung noch schöner geworden, wobei meine Objektivität hier sicherlich zu wünschen übrig lässt.

Wie dem auch sei, lud Mr. Hurst Julio und mich am Abend zum Essen ein. Frisch rasiert und zurecht gemacht mit Hut und Anzug, ich hatte Julio verboten seine stinkenden Dinger zu rauchen, besuchten wir ein gehobenes Restaurant. So richtig wohl fühlten wir uns hier nicht, waren wir doch andere Lebensumstände von unserer kleinen, überschaubaren, schwimmenden Heimat gewöhnt. Jedoch gaben wir uns alle Mühe, nicht aus der Rolle zu fallen, aßen manierlich und tranken in Maßen. Nathaniel hatte neben Emilia noch seine Frau Molly mitgebracht, eine matronenhafte Frau mit Hochsteckfrisur, bei deren Anblick es mir schwerfiel zu glauben das Emilia ihre Tochter war. So unterschiedlich sahen sie aus. Aber anders als erwartet, war Molly Hurst eine unterhaltsame lustig-humorvolle Dame. Man merkte ihr an, dass sie den Umgang mit unseresgleichen gewöhnt war.

Nathaniel zeigte sich im Übrigen sehr erfreut darüber, dass ich nun Eigner eines Kopra Seglers war, mit welchem sich durchaus noch einträgliche Geschäfte abwickeln ließen. Auch erfuhren wir das die Schiffsmakelei Hurst, hier in San Francisco eine Niederlassung eröffnet hatte, die von, jawohl stimmt genau, von Emilia geführt wurde. Ich hatte rechte Zweifel daran, ob solch ein Beruf für dieses zarte Wesen das Richtige sei. Mr. Hurst beruhigte mich aber schnell, da er meinte er hätte zu Emilias Unterstützung noch einen beinharten Kerl eingestellt, der die Besuche auf den Schiffen erledigte. Emilias Wangen röteten sich und sie bekam hektische Flecken am Hals, als ihr Vater davon berichtete. Sie hätte somit mehr die kaufmännische Abwicklung und Disposition zu erledigen.

Damit war Mrs. Hurst nun meine Ansprechpartnerin, da sie für das Westküstengeschäft zuständig war. Wir schrieben uns daher im Folgenden häufig, und schickten uns Telegramme mit geschäftlichem Inhalt. Als sie mir zu meinem Geburtstag ein Glückwunschtelegramm sendete, folgten in den nächsten Briefen, mehr und mehr private Worte, bis ich mich eines Tages dabei ertappte, einen Brief an sie mit rein privatem Inhalt geschrieben zu haben.

Das war zu der Zeit, als du zur See gefahren bist doch auch nicht anders, oder?

Hannes legte den Brief auf den Tisch, tank einen Schluck Wein und dachte daran wie es gewesen war, als er noch Seemann war. Jeden Tag wurden Briefe an seine damalige Freundin und spätere Frau geschrieben. Manchmal waren die Briefe so dick, das sie kaum in einen Umschlag passten, je nach Länge des Seetörns zwischen zwei Häfen. Heute im Zeitalter von Facebook, Skype und WhatApp war das natürlich ganz anders als früher, in der so fand Hannes, guten alten analogen Zeit. Dann las er weiter.

Und wenn wir in Frisco waren, gingen wir aus. Zunächst waren es förmliche Geschäftsessen, dann aber gingen wir auch schon einmal in einen Tanzclub und tanzten auf Rock 'n Roll Musik. Was soll ich dir sagen, wir verliebten uns ineinander.

Ich war im siebten Himmel. Für Emilia war es sicher auch manchmal eine schwierige Zeit, da ich oft monatelang auf See war. Ab und zu, wenn wir in Frisco waren, nahm ich mir frei und wir flogen irgendwo hin und verlebten ein paar schöne Tage. Zu meinem 25. Geburtstag schenkte mir Emilia die goldene Uhr, die ich dir vermacht habe. In der kleinen Zigarrenkiste findest du ein paar Fotos von Emilia und mir.

Im Herbst 1957 bekamen wir keine Order mehr für Samoa und verlegten wieder an die Ostküste. Wir lagen in New York und bekamen eine Ladung mit Maschinen und Geräten für die Landwirtschaft. Der Zielhafen war Massaua in Eritrea, was in den 50gern noch zu Abessinien dem heutigen Äthiopien gehörte.

Also führte uns die nächste Reise über den Atlantik ins Mittelmeer, wo wir einen kurzen Zwischenstopp zur Ergänzung der Vorräte in Palermo auf Sizilien eingelegten.

Seit dem war ein neuer Smut an Bord. Antonio Luigi Guillermo, ein kleiner, hagerer Mann mit dünnem schwarzem Haar und einem ebenso dünnen Oberlippenbärtchen, war plötzlich über die Gangway an Deck gekommen und versteckte sich hinter dem Schanzkleid. Kurze Zeit später kam zeternd eine rundliche Frau, gefolgt von einem Karabinieri, die Pier entlang gelaufen. Was sie schrie konnten wir nicht verstehen, es war aber offensichtlich dass sie hinter dem armen Flüchtling her war. Verblüfft wie wir waren, blieb uns nichts anderes, als dem Schauspiel zuzusehen. Sekunden später bogen die beiden, um eine Hausecke und waren genauso schnell verschwunden wie sie aufgetaucht waren. Da Toni, so nannten wir unseren Neuzugang, kein Wort englisch sprach, war die Kommunikation zunächst etwas schwierig. Da aber alle an Bord auch ein wenig spanisch sprachen, bei einem Mexikaner und einem Argentinier war das selbstredend, fanden wir aber bald eine Basis. Mit Händen und Füßen wurden wir darüber informiert, dass Toni seine Claudia mit der schönen Romina betrogen hatte und diese nun ein Bambino von ihm unter dem Herzen trug. Leider hatte er versäumt Romina von der Tatsache in Kenntnis zu setzen, das er bereits mit eben jener Claudia vermählt war. Mit dieser wiederum war er seit 12 Jahren verheiratet, doch hatte sich nie ein Kindersegen eingestellt. Irgendwie waren die beiden Frauen hinter Tonis Machenschaften gekommen und hatten sich, jedenfalls hat uns das der Italiener im Brustton der Überzeugung dargelegt, geschworen ihn abzumurksen –acculppare lui-.

Das konnten wir natürlich nicht zulassen! Als er uns dann noch erzählte, dass er als Koch in einem Restaurant in der Stadt arbeite, machte ich ihm den Vorschlag, er könne fürs erste an Bord bleiben und mit uns ins Rote Meer segeln. Sollten sich, bis zu unserer Rückkehr die Wogen geglättet haben, könnte er ja dann wieder aussteigen. Der arme Kerl hatte solch eine Panik, dass er ohne lange zu überlegen zusagte. Von da an liebten wir ihn, denn er kochte göttlich.

Nun ging es weiter nach Port Said, dann durch den Suez Kanal ins Rote Meer, bis wir schließlich im Januar 1958 unseren Bestimmungshafen erreichten.

Wir waren alle froh, nach dieser langen Reise endlich wieder festen Boden unter die Füße zu bekommen.

Es war ein heißer Tag. Die Sonne brannte erbarmungslos von einem wolkenlosen Himmel. Es wehte an diesem Nachmittag ein steifer, sehr böiger Landwind mit fünf bis sechs Windstärken. Es war, als würde man von einem Heißluftgebläse geföhnt. Wir segelten zwischen zwei, dem Land vorgelagerten Inseln hindurch. Als wir die südliche der beiden Inseln, die den Namen Dohul trägt, Backbord querab hatten, setzte ich Kurs auf die zwanzig Seemeilenentfernte Hafeneinfahrt. Little Rosi pflügte durch die See, als wüsste sie genau, wie dringend wir an Land wollten. Ich hatte unseren Schiffsjungen Carl, vor kurzem zum Matrosen ernannt und wir hatten vor dies gebührend zu begießen. Carl ging Ausguck. Einen Teil des Hafens von Massaua bildet die vorgelagerte Taulud Island. Unser frischgebackener Matrose stand auf der Steuerbord Seite und nahm Peilung zum Hafenrichtfeuer, bei welchem gemäß der Seekarte Ober- und Unterfeuer bei 243,5° Kompasspeilung in Deckung waren. War diese Peilung fast erreicht, würde ich das Schiff nach Steuerbord drehen und auf die Lücke zwischen der Insel und dem Festland zuhalten. Um zum einen Geschwindigkeit wegzunehmen und zum anderen höher an den Wind gehen zu können, hatte ich die Segelfläche entsprechend kürzen lassen. Die Maschine war auf Standby und der Backbord Anker war klar zum Fallen. Ich stand am Ruder und der Rest der Besatzung bereiteten Little Rosi zum Anlegen vor.

Ich plante eine Meile vor der Hafeneinfahrt alles Tuch wegnehmen zu lassen und den Rest des Weges unter Maschine zu bewältigen.

Plötzlich rief Carl etwas und zeigte mit ausgestrecktem Arm in eine Richtung. Ich schnappte mir ein Fernglas. Ein kleines Segelboot kämpfte sich mit recht hoher Geschwindigkeit durch die ruppigen Wellen. Soweit ich es durch die aufgewühlte See ausmachen konnte, handelte es sich bei dem Segler um ein hochmodernes Sportgerät. Ich kenne mich mit Sportsegelklassen nicht aus, jedenfalls hatte es lediglich ein Segel und wurde von nur einem Mann gefahren. Der starke Wind und die raue See machten dem Segler sichtlich zu schaffen. Genau wie wir, hielt er auf die Einfahrt des Hafens zu. Bis er dessen Sicherheit erreicht hatte, musste er aber noch etwa zwei Meilen schaffen. Du kannst dir sicher schon denken, dass das nicht klappte. Ein paar Minuten später rollte eine ordentliche Welle, gefolgt von einer starken Bö heran und warf das kleine Boot einfach um.

Wir sahen einen Kopf auf dem Wasser tanzen. Der Segler versuchte das havarierte Boot wieder aufzurichten. Es gelang ihm aber nicht. Plötzlich wieder ein Schrei. Dieses Mal war es Joaquin, der in die Richtung des gekenterten Bootes zeigte und aufgeregt „El Tiburón, el Tiburón" rief. Oh Mist dachte ich und suchte die Wasseroberfläche ab. Und da war er auch. Das charakteristische Dreieck der Rückenflosse eines großen Haies tauchte von Zeit zu Zeit aus den Wellenkämmen auf. Ich wies die Männer brüllend an, die noch stehenden Segel zu bergen und startete die

Maschine, die stotternd zum Leben erwachte. Ich drehte die Brigantine auf den Havaristen zu. Das Segelbergen ging recht schnell und wenige Minuten später, hatten Louis und Joaquin ein Netz an der Bordwand herunter gelassen.

Die Männer erschraken fürchterlich, dem alten Julio fiel sogar seine Zigarre aus dem Mund. Ich hatte mir unseren alten Karabiner, den für alle Fälle an Bord hatten, aus dem Kartenhaus geholt und legte auf den Raubfisch an. Daneben. Ich lud nach zielte und feuerte. Wir waren jetzt keine 30 Meter mehr von dem im Meer treibenden entfernt, der sich an dem gekenterten Boot festhielt.

Der Hai war dem Segler schon bedrohlich nahe. Noch ein Schuss. Dieses Mal färbte sich das Wasser neben der Bestie rot und das Tier verschwand in den Fluten.

Wir brachten die Rosi in Luv des gekenterten Bootes zum Stehen. Der Wind besorgte den Rest und trieb uns auf den im Wasser schwimmenden Mann zu. Dieser löste sich von seinem Boot, schwamm auf uns zu, erreichte das Netz und kletterte es hinauf. Vier starke Arme zogen ihn übers Schanzkleid an Deck.

Kapitel 6

Der Hafen bot einen exotischen Anblick. An einer langgestreckten Kaimauer reihten sich helle, zwei bis dreigeschossige Gebäude aneinander. Die Fronten der Häuser waren getragen von luftigen Arkadenreihen, die sich in den nächst höheren Etagen, in gleicher Weise fortsetzen. Irgendwie sah das Ganze ein wenig aus, wie eine kleinere Version Venedigs, wenn es auch allerdings ein wenig staubig wirkte. Es gab zwar keinen Campanile, dafür aber ein Minarett und ein von Palmen umstandenes, imposantes Gebäude mit einer Kuppel direkt am Eingang des Hafens, auf der Insel die man an Backbordseite passierte.

Hafenanlagen, waren von der Pier einmal abgesehen nicht vorhanden. Hafenkräne oder Werftanlagen suchte man vergebens, was der Szenerie von See aus eher den Anschein eines mondänen Badeortes gab, als das man sich in einem Industriehafen wähnte. Allerdings schnaubte eine schwarze Dampflok über einen Damm, welcher das Festland mit der Hafeninsel verband und dadurch den Hafen auf einer Seite schloss. Auffällig war, das nur ein anderes Frachtschiff, allerdings ein Dampfer, im Hafen lag. Alle anderen Schiffe im Hafen waren militärisch. Die meisten davon kleine Patrouillenboote und ein etwas größeres Kriegsschiff.

Meine Männer standen bereit, um Little Rosi festzumachen. Ich drehte sie im Hafenbecken unter Maschine um. Und so legten wir den Bug Seewärts zeigend an.

Unser Passagier, ein schlaksiger Mann mit dunklem Teint, hatte sich schnell wieder erholt. Ich hätte diesen hochaufgeschossenen Herrn in seiner Sportkleidung eher für einen Südamerikaner, als für einen Mann aus Afrika gehalten. In feinstem Oxford Englisch sprach mich an, bedankte wortreich sich für seine Rettung und stellte sich als Iskander Desta vor. Ich schätze das dieser Herr Desta etwa so alt war wie ich, vielleicht ein bisschen jünger. Wir hatten sein Segelboot an Deck gehievt.

Während des Einlaufens erzählte er mir, das er in der Imperial Ethiopian Navy diente. Er wäre außerdem Sportsegler und gehörte zum äthiopischen Olympiakader der Segler und hätte für die olympischen Sommerspiele, die im übernächsten Jahr in Rom stattfinden sollten, trainiert. Bei der Rennjolle, die wir an Deck genommen hatten, handelte es sich um einen Finn Dinghi, eine olympische Segelklasse.

Eine halbe Stunde später hatten wir festgemacht und Herr Desta ging von Bord. Er ließ uns aber noch wissen, dass er die Jolle abholen lassen würde. Zu diesem Zeitpunkt konnte ich mir noch nicht vorstellen, welche Auswirkung diese Begegnung auf mein Leben haben würde.

Kaum hatte der Mann in seinem Sportdress die Pier betreten, da kam auch schon eine schwarze Limousine wie aus dem Nichts heran. Der Fahrer, der in eine Marineuniform gekleidet war, stieg aus, öffnete die Fond Tür und schloss sie wieder, als Herr Desta eingestiegen war. Das Auto wendete und fuhr davon.

Wenn es keine Hafenkräne gibt, ist das entladen eine ganz schöne Plackerei, aber das weist du ja sicher. Wir mussten die Maschinenteile mit bordeigenen Mitteln abladen. Da hatte Little Rosi gegenüber den Dampfern mit ihren schweren Ladebäumen und elektrischen Winden schon das Nachsehen. Wir riggten also den Ladebaum zwischen den Masten und hievten den Kram mit der bordeigenen, handbetriebenen Winsch von Bord.

Bei den mörderischen Temperaturen, das Thermometer stieg fast bis auf die fünfzig Grad Marke, war das eine sehr schweißtreibende Sache. Wir sahen voller Missgunst auf den Dampfer vor uns ,dessen Matrosen ihre Ladung mit elektrischen Winden löschten.

Ich hatte ein Wasserfass an Deck stellen lassen, aus dem sich meine Jungs ständig bedienen konnten.

Wir spannten ein Sonnensegel über dem Achterdeck, hatten eine kleine Wasserpause eingelegt, als ein Wagen die Pier entlang gefahren kam. Aus dem offenen, grünen Militärjeep stiegen zwei Uniformierte aus und hielten schnurstracks auf unsere Gangway zu. Louis stieß mich an und machte mich auf die beiden Männer aufmerksam. Als sie an Bord waren, reichte mir der eine einen Umschlag mit den besten Empfehlungen von Leul Iskander. Neugierig umringte mich meine Besatzung. Ich drehte den Brief um. Auf der anderen Seite war ein buntes Wappen aufgedruckt. Mit Engeln und einem Löwen und anderen vielfarbigen Sachen.

Ich öffnete den Brief in dem stand, das sich Prinz Iskander Desta, die Ehre gäbe, mich und meine Besatzung, zu einem Empfang nach Gibi, dem Palsates des Löwen der Eroberung des Stammes Juda, Seiner Kaiserliche Majestät Haile Selassie I., König der Könige von Äthiopien, und

Auserwählten Gottes, heute um 19 Uhr, zu einem Empfang zu laden. Man würde uns gegen 18 Uhr abholen.

Erst sahen wir uns ungläubig an, dann brach es aus Carl heraus, der meinte er könne es kaum fassen das er einen leibhaftigen Prinzen berührt hätte und er sich wohl jetzt nie mehr Hände waschen und arbeiten könne. Er starrte dabei auf seine ausgestreckten Arme. Julio zwinkerte mir und Joaquin zu. Ich nickte unmerklich, woraufhin sie sich den verdutzen Matrosen schnappten und ohne großes Federlesen über Bord warfen. Als er wieder auftauchte, schlugen uns üble Flüche und Verwünschungen entgegen. Louis rief dem im Wasser tobenden zu, das wir ihm auf diese Weise ja nur bei der Wäsche helfen wollten, da er es ja selbst nicht mehr konnte und wir natürlich auch nicht auf seine allseits geschätzte Arbeitskraft verzichten wollten.

Meine Uhr zeigte viertel nach zwei. Es war schon spät und ich trieb meine Leute an einen Zahn zuzulegen. Ich befahl allen um fünf Uhr nachmittags ein knackiges Körpereinschiff und saubere Kleidung. Ich wollte nicht, dass wir stinkend wie die Biber vom Herrn Prinzen empfangen werden. Ich hatte so eine Ahnung. Einen Prinzen fischt man nicht jeden Tag aus dem Meer. Ich nahm an, der gute Mann wollte sich bei uns auf offiziellem Wege dafür bedanken, dass wir ihm nicht dem Hai ausgeliefert hatten.

Um Punkt sechs standen wir, bis auf unseren Smut, der Hafenwache hatte, frisch gewaschen und in sauberer Kleidung an Deck. Der Abholdienst war pünktlich. Ein Kleinbus fuhr mit uns in Richtung Stadt und hielt vor einem neu wirkenden Gebäude. Die für uns seltsam anmutenden Schriftzeichen, wie ich später herausfand handelte es sich um Ge`ez, die Äthiopische Schrift, konnten wir nicht lesen. Ein kleines Metallschild auf dem Non-Commisioned Officer Academy (Unteroffiziersschule) stand aber schon.

Das sollte ein Palast sein? Wir wurden einen Gang entlang geführt, der in einen weiteren Raum mit einer Theke mündete. Dahinter stand ein hibbeliger Einheimischer. Unsere Begleitung sagte etwas in Landessprache zu ihm. Er kam mit einem Maßband um die Theke geflitzt und begann uns zu vermessen. Auf meinen fragenden Blick hin bedeutete mir unser Fahrer, das wir neue Sachen bekämen, da unsere Kleidung dem Anlass nicht entsprechend sei.

Kurze Zeit später, trugen wir alle funkelnigelnagelneue Khakihosen, eine passendes Hemd, Strümpfe und schwarze Lederschuhe. Das Ganze sah aus wie eine amerikanische Marineuniform ohne Rangabzeichen. Wir ließen uns das gefallen. Der Fahrer drängelte ein wenig, denn es war inzwischen schon viertel vor sieben. Schlag sieben fuhren wir durch ein Tor, welches von zwei heraldischen Löwen flankiert wurde und uns genau zu jenem Gebäudekomplex führte, welchen wir beim Einlaufen, schon von See aus hatten bewundern können.

So in etwa hatte ich mir solch einen Palast vorgestellt. An zwei Seiten grenzte das Grundstück ans Wasser. Der Palast selbst war ein rechteckiges, zweistöckiges, schneeweißes Gebäude über dem eine blau schimmernde, runde Kuppel thronte.

Die Fassaden waren nach allen Seiten durchbrochen und wurden von luftigen Spitzbögen, die in quadratische Säulen mündeten getragen.

Im Inneren des Gebäudes war es überraschend angenehm kühl. Palastpersonal geleitete uns in einen großen Saal, dessen Decke die Kuppel bildete, die wir von außen gesehen hatten. In dem mit poliertem Parkett ausgelegten Raum war es recht dunkel. Der livrierte Mann ließ uns stehen, ging hinaus und schloss die Türe hinter sich. Wir warteten.

Wir warteten sogar ganz schön lange. Eine geschlagene dreiviertel Stunde. Dann endlich wurde die Türe wieder geöffnet und Herr Desta, oder besser Prinz Iskander Desta betrat mit einer kleinen Eskorte den Raum. Er trug die Paradeversion einer Marineuniform, mit jeder Menge Konfetti auf den Schultern und Ärmelaufschlägen. Weiße Handschuhe und eine Schärpe in den Landesfarben grün, gelb und rot, auf der ein gelbes Pentagramm auf blauem Grund zu sehen war, vervollständigte die pompöse Erscheinung. Lächelnd trat er auf uns zu und unwillkürlich nahmen wir irgendwie Haltung an und machten brav einen Diener, als er uns einzeln die Hand reichte.

Er freute sich sichtlich uns zu sehen und erklärte das wir herzlich willkommen seien im Palast seines Großvaters. Wir wären Gäste der Ernennung zum Unteroffizier, der diesjährigen Klasse der Unteroffiziersschule, durch seinen Ahnherren. Wir sollten ihm folgen. Kurz darauf erreichten wir einen Balkon. Wir wurden an die Seite bugsiert. Hier sollten wir stehen bleiben, warten und der

Zeremonie zusehen. Langsam füllte sich die Empore mit anderen Gästen und wir mussten die Hälse recken, um etwas sehen zu können. Vom Balkon führte in gerader Linie eine Treppen nach unten, welche sich nach einigen Metern in zwei geschwungene Ausläufer teilte. Auf einem Absatz direkt in der Mitte dieser Treppe, war ein Baldachin aufgestellt.

Die Sonne war gerade untergegangen. Der Platz vor dem Treppenabgang wurde von Fackeln erhellt, die im Abstand von etwa zehn Metern das Areal säumten.

Erst marschierte eine Militärkapelle auf, die Marschmusik spielte, dann auf mehrere Gruppen verteilt viele Soldaten, die sich im Karree aufstellten. Die Musik verklang, dann war es einen Moment sehr still bis ein Mann an ein Mikrofon trat, welches auf dem Absatz aufgebaut war. Ob wegen uns englisch gesprochen wurde, habe ich nie herauszufinden versucht, ich nehme aber an, es war wegen der vielen, teils ausländischen Gäste die der Zeremonie beiwohnten. Er begrüßte die Anwesenden und kündete mit pathetischer Stimme Leul (Prinz) Iskander Desta, Konteradmiral und Kommandeur der kaiserlich Äthiopischen Marine an. Auch dieser hieß alle Anwesenden willkommen, gratulierte den Lehrgangsabsolventen und zeichnete einige besonders gute Schüler aus.

Den Besten Unteroffizier sparte er allerdings aus. Als er an das Ende seines Programms gelangt war, trat er zur Seite. Ein weiterer Offizier trat an das Mikrofon und und kündigte den nächsten Redner an. Es handelte sich um den Kaiser höchst selbst. Ein kleiner Mann in einer weißer

Marineuniform und gewaltigem Ordensspiegel trat ans Mikrofon. Sei Alter war schwer zu schätzen, er mochte vielleicht sechzig Jahre alt sein. Ein Kapitänsmütze, die seltsam groß auf dem Kopf des Kaisers wirkte, verdeckte sein Haar, aber das was unter der Kopfbedeckung herausragte, war tiefschwarz. Ein Vollbart, den einige wenige silberne Fäden durchzogen, rahmte das strenge Gesicht ein. Das markanteste an seinem Gesicht, war eine riesige, gebogene Nase und sehr stechende Augen, die von dichten buschigen Brauen noch betont wurden.

Haile Selassi sprach davon wie stolz er auf die Kinder seiner Nation sei. Sie stünden in der direkten Ahnenreihe des bedeutendsten Volkes Afrikas und der ältesten Nation dieses Kontinents. Er sprach lange und eindrücklich. Dann bat er den Klassenbesten auf die Empore und zeichnete diesen mit einem Orden aus. Der Kadett machte eine militärische Kehrtwende und reihte sich wieder in die Front seiner Kameraden ein.

Der Redner am Mikrofon setzte seine Rede fort. Er sprach von Vorbildern, von Mut, davon mit offenen Augen durch die Welt zu gehen. Ein positive Entwicklung der Gesellschaft und der Schutz des Lebens funktioniere nur, wenn in diesem Geist gehandelt würde. Ein solches vorbildliches Handeln hätte heute dafür gesorgt, das sein geliebter Enkel, Prinz Iskander, aus tödlicher Gefahr gerettet worden sei. Mir lief ein unbehaglicher Schauer über den Rücken, als plötzlich mein Name aus dem Lautsprecher drang und ich aufgefordert wurde zum Rednerpult zu gehen. Es war sehr unwirklich und irgendwie passierte das alles, ohne dass ich es in diesem Augenblick in Gänze realisierte. Ich fand mich plötzlich neben dem Kaiser vor. Mit festem Blick reichte er mir seine Hand und umfasste meinen Unterarm mit der anderen. Es war ein sehr persönliche Geste. Ich spürte seine Dankbarkeit. Um es kurz zu machen, ich und in der Folge auch meine Männer traten ans Mikrofon und erhielten einen Orden, den sogenannten Stern von Äthiopien. Er macht sich besonders gut mit dem Smoking, den ich dir vermacht habe.

Du kannst dir sicher vorstellen, das wir mit stolz geschwellter Brust dem Rest der Zeremonie beiwohnten, in welcher sich noch bei den Ausbildern bedankt und ein rosiges Zukunftsbild der Äthiopischen Marine gezeichnet wurde.

Der Kaiser ging von der Bühne und ein Offizier ließ die Soldaten wegtreten. Wir sahen uns ein wenig hilfesuchend um, denn nach und nach lehrte sich der Balkon. Doch dann kam der Offizier auf uns zu, der vorhin die kaiserlichen Hoheiten angekündigt hatte. Er bat mich mit ihm mitzukommen. Meine Männer wurden von einem anderen Soldaten in Empfang genommen, bekamen etwas zu trinken und warteten, mal wieder.

Ich folgte dem Offizier in den großen Saals des Palastes. Dort befanden sich der Kaiser und sein Admiral. Haile Selassi saß entspannt auf einem Sofa. Ich sollte ein wenig erzählen wer ich bin und was mich nach Massaua geführt hatte. Es entspann sich eine nette, kleine Konversation an deren Ende mich der Kaiser fragte, wie er sich bei mir bedanken, oder ob er ansonsten etwas für mich tun könne.

Ich überlegte kurz und antwortete ihm, das ich da ich eine kleine Reederei mit Little Rosi als einzigem Schiff betrieb, falls möglich Frachten für das Kaiserhaus in alle Welt übernehmen könnte.

Ich kann mich noch gut daran erinnern, das Haile Selassi, lächelte. Ich war etwas verwirrt, denn ich konnte dieses Lächeln zunächst nicht einschätzen. Als sich dann dieses Lächeln in ein Lachen wandelte und er sagte, das er bei einem Mann wie mir nichts anderes erwartet hätte und mir zusagte, das wir genau das machen würden, entspannte ich mich wieder.

So wurde ich sozusagen, in gewisser Weise zum kaiserlichen Hoftransporteur.

Am nächsten Tag, wir hatten gerade endlich die Ladung gelöscht und ruhten uns ein wenig aus, indem wir es uns unter dem Sonnensegel an Deck bequem gemacht hatten, als ein offiziell wirkender Mann im Anzug an Bord kam. Er informierte mich darüber, das er im Auftrag des Handelsministeriums eine Vereinbarung vorbereitet hätte, welche uns eine Fracht für unsere Reederei, wann immer wir einen äthiopischen Hafen anliefen und eine solche zur Verfügung stünde, zusicherte. Ebenfalls würde man ein Schiff meiner Reederei nach Möglichkeit anfordern, um staatliche Frachten in alle Welt zu bringen. Ein Kopie dieser Vereinbarung würde nach Unterzeichnung zu unserem Agenturbüro zur weiteren Koordinierung der Frachten übersendet.

Ich muss ein ziemlich dämliches Grinsen im Gesicht gehabt haben, denn Julio meinte später ich solle doch endlich aufhören so blöd zu schauen. Man könnte ja meinen, ich hätte die ganze Nacht im McSorley´s Old Ale Hause in East Village durchgesoffen.

Es vergingen noch ein paar angenehme Tage in Massaua. Nathaniel Hurst hatte uns ein Fax gesendet, in welchem er mich zu der Vereinbarung mit dem Staat Äthiopien beglückwünschte und uns darüber in Kenntnis setzte, das auch schon eine erste, gewinnbringende Ladung vom Handelsministerium avisiert sei, welche uns zurück in die Karibik nach Jamaika führen würde. Wir luden jede Menge Kisten mit verschiedensten Inhalten, von Gewürzen über Kunstgegenständen, bis hin zu Wein und anderen haltbaren Lebensmitteln.

So verließen wir guter Dinge und im Wissen, das wir dieses Land bald wieder sehen würden, den Hafen von Massaua.

Den Italiener setzten wir in Messina wieder an Land, wo wir auf der Rückfahrt einen Zwischenstopp einlegten. Einmal bekamen wir noch eine Postkarte von ihm, dann verlor sich seine Spur.

Im Grunde war es für mich ein großes Glück, das der Prinz über Bord gegangen war, denn ohne die Vereinbarung mit dem Kaiser, wären wir wohl bald pleite gewesen, da die Frachtraten für Segelschiffe inzwischen sehr schlecht waren. Die Zeit und die Launen des Wetters entwickelten sich immer mehr zum Feind der Frachtfahrenden Segelschiffe. Viele Reeder die kleine Frachtsegler betrieben gingen Pleite, oder konvertierten ihre Schiffe zu Motorfrachtern.

Uns blieb dieses Schicksal erspart, hatten wir doch mit den beinahe regelmäßigen Frachten des Handelsministeriums ein vernünftiges Einkommen. Zwischendurch fuhren wir auch gelegentlich Kopra aus der Südsee an die Westküste, oder auch manchmal eine Ladung Holz, aus Nordeuropa in den Süden. 1962 stieg der alte Louis aus und setzte sich zur Ruhe. Auch Carl ging von Bord, als wir wieder einmal in den USA waren und heuerte auf einem Motorfrachter an. Ich traf ihn viele Jahre später wieder. Er hatte Patent gemacht und fuhr auf einem Kreuzfahrtschiff als Wachoffizier.

Julio und Joaquin aber blieben bei mir. Die anderen Positionen besetzte ich wieder neu und stellte auch bald einen neuen Smut ein. Dieses Mal einen Deutschen. Die Spezialitäten aus seiner Heimat, er stammte aus dem Süden, brachten viel Genuss und das ein oder Kilo auf den Hüften mit sich.

So verging die Zeit und ich war zufrieden mit meinem Leben, jedenfalls fast zufrieden. 1966, als ich an der Ostküste nahe Boston mit der inzwischen sechzig Jahre alten Little Rosi in einer Werft lag, sie brauchte mal wieder eine Generalüberholung und sollte eine neue, etwas stärkere Maschine bekommen, machte ich Emilia einen Antrag. Eigentlich wollte sie nie einen Seemann heiraten. Sie meinte zwar, man hätte ihr schon Avancen gemacht, aber einen besseren Mann als mich würde es nicht geben und sie würde auch nicht als alte Jungfer sterben wollen. Ich war 35 Jahre alt.

In den folgenden Jahren, begleitete mich meine Frau, auf die ein oder andere Reise mit der Rosi. Leider haben wir keine Kinder bekommen, obwohl wir sehr gerne welche gehabt hätten.

Aber wie es im Leben ebenso ist, ändern sich die Dinge. Oft ohne dass man es will, oder es gerecht wäre. Als wir im Sommer 1971 in Stockholm ankamen, um eine Ladung Bauholz für Kiel zu übernehmen, erhielt ich ein Fax mit der Mitteilung dass Emilia bei einem Autounfall tödlich verunglückt sei. Ein betrunkener LKW Fahrer hatte ihr die Vorfahrt genommen. Ich flog nach Hause und ging den schwersten Gang meines Lebens. Ich war gerade einmal vierzig Jahre alt und Witwer. Ich habe nie wieder geheiratet.

In der Zwischenzeit hatte sich auch meine wirtschaftliche Situation verschlechtert. In Äthiopien gehrte es in der Bevölkerung. Eine Revolution bahnte sich an. Die daraus entstehenden innenpolitischen Schwierigkeiten brachten es mit sich, dass ich immer weniger Frachten aus dieser Quelle bekam.

Ich konnte mich dennnoch eine Weile über Wasser halten. 1974 aber war es dann so weit, dass ich ernsthaft über eine Alternative nachdenken musste.

Seit einiger Zeit wurden alte Frachtsegler entweder zu Passagierseglern für Abenteuertouristen oder zu Schulschiffen umgebaut. Entweder würde ich so etwas machen, oder ich würde die Rosi verkaufen.

Wir hatten gerade die Insel Socotra im arabischen Meer am Eingang zum Golf von Aden, mit einer Ladung Gewürze aus Bombay kommend für Europa bestimmt, backbord querab, als Julio mit einem Funkspruch in der Hand zu mir an Deck kam. Wir schrieben den 03. September. Das Fernschreiben kam direkt aus dem Kaiserpalast. Man erkundigte sich nach der derzeitigen Position der Rosi und wann wir in Massaua sein könnten. Dort sollten wir dringende Ladung für Jamaika an Bord nehmen. Seltsam war das Gewicht der Ladung. Gerade einmal etwas mehr als 100 Kilogramm, obwohl das ganze Schiff gechartert wurde. Das konnten wir natürlich immer unterbringen und ob die Gewürze nun ein paar Tage früher oder später in Marseille, dem Zielhafen dafür, ankämen oder nicht würde auch keine Rolle spielen.

Wir erreichten Massaua am Morgen des 12. September. Irgendwie war es gespenstisch. Der Hafen war wie ausgestorben. Eine bleiche Sonne stand über dem Horizont an einem matten, von faserigen Wolken durchzogenen Himmel und warf fahle Schatten.

Ein Vertreter des Palasts kam an Bord. Die Ladung sei noch nicht eingetroffen, ließ er uns wissen. Er bat uns inständig noch auszuharren, bis die Ladung einträfe, da deren Inhalt von immenser Bedeutung für das Land im Besonderen und für die Menschheit im Allgemeinen sei. Es handele sich um bedeutende Kunst- und Kulturgüter, die außer Landes gebracht werden müssten, damit sie nicht in falsche Hände geraten könnten.

Inzwischen war die Lage prekär, es gab Demonstrationen, Straßenschlachten mit Toten und Verwundeten. Die Ernährungslage in Teilen des Landes sei katastrophal. Das Land war eine totalitäre Monarchie. Die Schuld für die Verhältnisse gaben weite Teile der Bevölkerung dem Herrscher, der nach wir vor in Prunk und Protz lebte. Unsere Ladung sollte gegen Mittag des 15. eintreffen. Wir hätten diese zu übernehmen und sollten dann unverzüglich auslaufen.

Kapitel 7

Little Rosis Liegeplatz befand in einem Hafenbecken, genau gegenüber von Taulud Island. Nach vielen Jahren und häufigen Aufenthalten war unsere Brigantine ein wohlbekannter Gast in Massaua und niemand wunderte sich, als wir uns bei der Port Authoroty anmeldeten.

Erst als ich drei Tage später zusammen mit dem Hafenkommandanten einen Tee trank und dieser sich verwundert darüber zeigte uns hier anzutreffen, bekam ich eine Ahnung davon, dass es in Äthiopien drunter und drüber ging. So erfuhr ich auch, dass der Kaiser am 14., also nur zwei Tage vor unserer Ankunft, abgedankt hätte und sich derzeit in der Hauptstadt Addis Abeba befände.

Über unsere Ladung könne er uns keine nähere Auskunft geben. Ihm sei nur so viel bekannt, dass es sich dabei um Gegenstände aus dem Besitz des Kaisers handelte.

In der Stadt patrouillierte Militär und auch im Hafen waren einige Schnellboote der Marine eingetroffen.

Ein ungutes Gefühl machte sich breit. Ich fuhr zurück zum Schiff. Ich berichtete den Männern, was ich vom Hafenkommandanten erfahren hatte. Wie würde es weiter gehen? Das wir weiterhin staatlich äthiopische Aufträge bekamen, war mehr als fraglich, jetzt wo unser Gönner nicht mehr an der Macht war. Eine ungewisse Zukunft lag vor uns und der Little Rosi.

Es war kurz nach 14 Uhr, wir waren irgendwie nervös und ungeduldig als ein staubiger, kleiner LKW vor unserem Schiff hielt. Der Fahrer stieg aus und mit sichtlicher Eile kam er an Bord. Er sah sich ständig hektisch um und spähte die Hafenstraße entlang. Auch drängte der Fahrer uns die Ladung schnellstens zu übernehmen, da er wieder nach Aksum zurück müsse, wo her käme. Für die knapp 300 Kilometer bräuchte er schon eine Weile und über den Mereb Fluss gäbe es nur ein Fähre und er hätte morgen noch einen anderen Auftrag zu erledigen. Er quasselte die ganze Zeit. Ich beruhigte den Mann und schickte die Jungs los, die Kiste abzuladen. Die Ladung entpuppte sich als einfache Sperrholzkiste, allerdings war ein Siegel auf dem Deckel eingebrannt. Ich erkannte es sofort, es war das Gleiche wie jenes auf dem Umschlag, den wir vor ein paar Jahren von Prinz Iskander erhalten hatten. Meine Männer hatten die Kiste abgeladen und auf den Boden gestellt, als der Fahrer mir eine Bescheinigung unter die Nase hielt. Ich sollte den Erhalt der Ladung quittieren. Ich hatte gerade meinen Namen darunter gesetzt, da wurde mir das Papier quasi aus den Händen gerissen. Der Mann eilte von Bord, rief im davongehen noch eine Worte zur Verabschiedung, stieg in seinen Laster und brauste davon.

Wir hievten die Kiste an Bord und verstauten sie im Laderaum. Julio meinte, indem er mich meine Reaktion abwartend aus dem Augenwinkel musterte, wir standen am Luken Rand und sahen zu wie das Ladegut im Bauch des Schiffe verschwand, er wüsste schon zu gerne was wir da wohl an Bord genommen hatten.

Interessiert hätte mich das natürlich schon, aber so einfach aufbrechen konnten wir die Kiste nicht. Der Deckel war nur vernagelt, mit einem Stemmeisen wäre das eine Sache von vielleicht einer Minute gewesen. Ist doch egal was drin ist dachte ich bei mir und winkte ab. Julio hatte natürlich mit nichts anderem gerechnet. Er wies zwei Matrosen an, die Luke zu verschließen und seefest zu verschalken. Ich stieg gerade den hinteren Niedergang hinunter, um mir an der Seekarte die weitere Reise anzusehen, als Julio mich zurückrief. Der Hafenkapitän war an Bord gekommen und ließ mich wissen, dass ich so schnell wie möglich auslaufen solle. Einen Grund dafür konnte oder wollte er mir nicht nennen, aber es wäre sicher besser.

Das war schon alles mehr als seltsam, jedoch hatten wir ohnehin vor gehabt am Nachmittag auszulaufen und Little Rosi war bereits seeklar.

Nur eine viertel Stunde später lösten wir die Leinen. Unter Maschine steuerte ich unser Schiff aus dem Hafen, während die Crew die Segel zum Setzen vorbereiteten. Es wehte ein stetiger Südwind mit Stärke drei bis vier. Ich wollte zunächst, um gut von der Küste frei zu kommen 20 Meilen mit Kurs Ost-Nord-Ost laufen dann auf Nordnordwest drehen, um die Inseln Dohul, Karat und Kad-Hu an Backbord zu passieren, um schließlich freies Wasser zu erreichen. Es war immer wieder eine Freude zu sehen, wie die Little Rosi ihre Schwingen ausbreitete, wenn die Segel gesetzt wurden. Dann nahm sie Fahrt auf und mit einem schäumenden Schnurrbart am Bug, drängte sie vorwärts. Das erhabenste Gefühl war es, wenn kurz darauf der Flautenschieber abgestellt wurde und die Brigantine nur durch die Kraft des Windes angetrieben wurde. Es trat eine eigentümliche Stille ein, wobei es natürlich gar nicht ohne Geräusche von statten ging. Der Wind summte und brummte im Rigg, das Meer rauschte am Rumpf entlang und die Takelage tat ächzend kund, dass der Wind seine Kraft entfaltete. Trotzdem, ohne das rhythmische Knattern des Diesels entstand eine friedliche Stimmung, die jedes Mal von uns Besitz ergriff, wenn wir einen Hafen verlassen hatten und nur unter Segeln fuhren.

Bei der derzeitigen Fahrt von vier bis viereinhalb Knoten, sofern der Wind durchhielt, würden wir in etwa fünf Stunden, also gegen 20:00 Uhr den Kurs ändern müssen.

Julio trat neben mich und hielt mir erneut einen Funkspruch unter die Nase und meinte trocken ich solle lesen. Als erstes fiel mir die Unterschrift auf, also natürlich war es nur gedruckte Buchstaben, aber da stand Haile Selassie. Im Text hieß es, wir sollten alles in unserer Macht stehende unternehmen, um die Ladung nach Jamaika zu bringen. Das Heil vieler Seelen hinge davon ab.

Ich verstand nicht was er damit meinte. Julio raunzte mir zu, ob wir nicht vielleicht doch einmal einen Blick in die Kiste riskieren sollten. Ich dachte kurz darüber nach und nickte. Wenn wir wussten was wir transportierten, konnte ich einschätzen, ob es wirklich etwas wichtiges war oder ob der alte Mann, er musste inzwischen an die achtzig Jahre alt gewesen sein, einfach nur durchgedreht war. Wäre nach einer Abdankung und all dem was damit einher ging ja nicht weiter verwunderlich.

Wir steigen in den Laderaum und hebelten den Deckel ab. Zum Vorschein kam, eine weitere Kiste. Sie passte gerade so in die sie umgebende und war in ein Tuch in den Farben Äthiopiens gehüllt. Oben auf, war das gleiche Pentagramm auf blauem Grund zu sehen, wie damals auf der Schärpe des Prinzen. Ich nahm das Tuch ab, es war schwer und fest und bestand aus dickem Stoff. Das Holz darunter, war poliert und duftete. Ich musste einen Moment innehalten und schnüffelte. Dann fiel es mir ein. Das war Zedernholz. Der Deckel dieser Kiste war nicht fest montiert, hatte aber einen Rand der über die Wände der Kiste ragte und diese somit fest verschloss. Diese Wände waren fein und wunderbar gemasert, aber ansonsten schmucklos. An den Längsseiten steckten Bolzen im Holz in denen faustgroße Ringe befestigt waren. Ich vermutete dass es Trageringe waren. Wir nahmen den Deckel ab.

Etwas Langes lag, in feinem Tuch aus bestickter Seide eingewickelt, diagonal in dem Behälter. Ein weiterer, quadratischer Kasten, der im fahlen Licht der Laderaumbeleuchtung golden glänzte und eine Kantenlänge von vielleicht 25 Zentimetern aufwies, hatte ebenso einen Platz in der Kiste. Unter diesem Kasten war noch etwas. Mit Goldfäden durchwirkter purpurfarbener Stoff war zu sehen. Wir entnahmen das längliche etwas und den goldenen Kasten und versuchten das was darunter lag herauszunehmen. Es war schwer und rechteckig und einige Zentimeter dick. Wir wickelten es vorsichtig aus dem Tuch, welches kunstvoll um das Objekt geschlungen war. Zum Vorschein kam eine Steinplatte, auf der so etwas wie Hieroglyphen zu sehen war. So spannend war das nicht. Irgendeine antike, ägyptische Steinplatte ein goldener Kasten und ein langes Etwas. Wir sahen uns schulterzuckend an und packten alles wieder hübsch ordentlich ein und verschlossen die Kiste.

Unser Smut, dessen Name Wernher war, tischte uns Geschnetzeltes vom Huhn mit Reis und Gemüse auf. Bis auf den Rudergänger saßen wir am Bug und sahen zu wie die Sonne hinter einer großen Insel namens Dahlak Kebir versank, die wir auf unserem derzeitigen Kurs recht voraus hatten. Der Himmel wechselte von einem tiefen dunkelblau über uns, über ein blasses Türkisblau, zu einem gräulichen violetten Streifen über dem Horizont. Genau über diesem Streifen schwebte eine gelb-orange Sonne, die eine diffuse Korona in den Himmel zeichnete und sich schillernd in der Wasseroberfläche spiegelte. Wir sahen schweigend zu. Jedes Wort wäre hier zu viel gewesen. Das Essen schmeckte wunderbar.

Die schwärze der Nacht hatte die Dämmerung inzwischen gänzlich verschluckt, als Positionslichter aus dem Dunkel hinter uns auftauchten, gerade als ich den Kurs nach Norden ändern wollte. Fast gleichzeitig erhielten wir einen Funkspruch. In diesem wurden wir aufgefordert beizudrehen. Die Anweisung kam von einem Patrouillenboot der Marine.

Julio sah mich erwartungsvoll an. Seine Augen teilen mir mit, dass er wissen wollte wie meine Pläne waren.

Es gab mehrere Möglichkeiten. Wir refften Segel, hielten an und folgten der Anweisung. Wir fragten was sie von uns wollten oder wir ignorierten sie einfach. Ich entschied mich für die zweite Variante. Über Funk fragten wir nach. Es wurde uns entgegnet wir seien Verbrecher, denn wir hätten Eigentums des Äthiopischen Volkes gestohlen. Wir sollten sofort anhalten. Man würde uns unverzüglich versenken, wenn wir der Aufforderung nicht sofort nachkämen. Ein Blitz, ein Knall, dann ein Heulen und schließlich ein Klatschen. Man hatte auf uns geschossen!

Das konnte doch nicht sein. Wir hatten nichts verbrochen. Dann noch ein Knall, gefolgt von dem Geräusch reißendes Stoffes. Das Projektil hatte unser Gaffelsegel durchschlagen.

Ich befahl, unverzüglich alle Lichter an Bord löschen zu lassen und änderte den Kurs nach Steuerbord.

Gespenstische Stille herrschte. Niemand sagte auch nur ein Wort. Das Militärfahrzeug war sicher noch so weit weg das niemand dort drüber hören konnte, was auf der Rosi gesprochen wurde, dennoch flüsterten wir. Ich ließ sofort Segel kürzen, um unsere Geschwindigkeit zu verringern. Vielleicht fragst du dich warum? Ganz einfach, hohe Fahrt verursacht laute Fahrtgeräusche, auch ohne Maschine. Jetzt ging es darum das Patrouillenboot auszutricksen, Wir mussten so schnell wie möglich unter Land kommen, um uns irgendwo hinter einem kleinen Eiland verstecken zu können, denn wenn der Angreifer Radar hatte, wäre unser Vorteil der Lautlosigkeit schnell dahin. Gemeinsam versuchten wir uns zu erinnern, ob jemand an ein Radargerät auf einem der Kriegsschiffe im Hafen gesehen hatte. Einvernehmlich waren wir der Meinung dass wir keines gesehen hatten, aber sicher waren wir uns nicht, hatte doch niemand bewusst auf dieses Detail geachtet.

Ich studierte die Karte. Dahlak Kebir, die größte Insel des Dahlak Archipels, war wie ein riesiges Atoll geformt, also eine Insel, die innen quasi hohl ist. Eine Bucht die halb so groß ist wie die Insel selbst, verbirgt sich im inneren des Eilandes. Zugänglich nur durch eine schmale Einfahrt. Vielleicht konnten wir diese erreichen und uns innerhalb des Atolls verstecken.

Das andere Boot hatte wohl doch kein Radargerät an Bord. Sie hatten unseren Kurs aufgrund der Lage unserer Positionslichter bestimmt, unsere Geschwindigkeit geschätzt und jetzt einen Abfangkurs eingeschlagen, der sie an den vorausberechneten Schnittpunkt der Kurse unserer Schiffe bringen würde. Das konnten nun wiederum wir anhand der Veränderung der Lage ihrer Navigationsbeleuchtung feststellen. Ein Katz und Mausspiel begann.

Ich setze einen Kurs ab, der uns zum Eingang des Atolls brachte. Wir konnten anhand des Motorengeräusches verflogen, das das Kriegsschiff den Abfangkurs beibehielt. Langsam und beinahe lautlos glitten wir auf die den Eingang des Kanals zu. Dieser war etwa drei Meilen lang und etwa eine Viertel Meile breit, führte zunächst nach Nordosten, um an seiner nördlichsten Stelle nach Südosten abzuknicken. Am Ende des Kanals öffnete sich eine 8 Seemeilen lange Bucht in südwestliche Richtung. Die gesamte Insel war recht flach und würde uns am Tage nur unzureichend Schutz vor unserem Verfolger geben. Daher war es unabdingbar, das wir vor dem Morgengrauen die Bucht wieder verlassen haben mussten. Ich ließ alle Segelbergen und wir warfen den Anker.

Die Nacht war unruhig, das kannst du dir sicher vorstellen. Wir machten kaum ein Auge zu. Doch das Patrouillenboot ließ sich nicht blicken.

Gegen drei Uhr morgens lichteten wir den Anker und schlichen uns aus der Bucht. Wir hielten gerade auf den Kanal zu, als der Ausguck den ich in den Fockmast geschickt hatte, aufgeregt nach unten brüllte, das ein Schiff auf den Eingang des Atolls zulief.

Ich ließ Rosi wenden und hoffte in eine kleine Bucht entschwinden zu können, die uns die Nacht über Schutz geboten hatte. Der Wind war gänzlich eingeschlafen und mit dem Flautenschieber kamen wir nicht schnell voran. Das andere Fahrzeug verkürzte die Entfernung schnell.

Kurz bevor wir den Eingang zur rettenden Bucht erreicht hatten, bog das Kriegsschiff um eine Landzunge. Im fahlen Mondlicht erkannten wir sofort, dass es nicht das kleine Boot vom Abend, sondern das große Kriegsschiff war, welches wir im Hafen früher schon gesehen hatten. Wir saßen in der Falle. Dieses Mal gab es keinen Funkspruch, das Kriegsschiff eröffnete sofort das Feuer. Ich drehte Little Rosi um 180 Grad und versuchte das gegenüberliegende Ufer des Atolls zu erreichen, jedoch gänzlich ohne einen Plan zu haben. Ein weiterer Schuss krachte, dann noch einer. Rosis Rumpf erzitterte. Wir waren getroffen. Ich schrie die Leute an, sie sollten das Beiboot klar machen. Ein weiterer Schuss, eine erneuter Treffer. Kurz darauf noch einer. Rosi neigte sich nach Steuerbord. Julio kam zu mir und berichtete dass das Beiboot längsseits war und Joaquin stürmte den Niedergang nach oben. Das Wasser im Rumpf würde schnell steigen, Little Rosi sank. An Deck war an mehreren Stellen ein Feuer ausgebrochen. Dicker schwarzer Qualm hüllte unser Schiff ein und nahm uns die Sicht. Was sollte ich tun. Ich befahl allen, ein paar persönliche Sachen zu packen, Julio sollte darüber hinaus das Schiffstagebuch und weitere wichtige Papiere mitzunehmen. Dann sollten sich alle so schnell wie möglich ins Rettungsboot begeben, während ich in den Laderaum flitze. Ich warf den Deckel jener speziellen Kiste auf und nahm den länglichen Gegenstand und den goldenen Kasten heraus. Ich überlegte fieberhaft. Die Steinplatten konnte ich nicht mitnehmen. Im letzten Telegramm vom Kaiser stand, ich sollte alles Mögliche versuchen, um die Ladung nach Jamaika zu transportieren. Jetzt sank die Rosi. Ich fasste einen Entschluss. Man möge mir verzeihen, aber ich wusste mir keinen anderen Rat. In der Schiffswerkstatt fand ich einen großer Vorschlaghammer. Mit ihm drosch ich auf die oberste Platte, die krachend zersprang. Ich nahm eines der Bruchstücke heraus und steckte die Sachen in meinen Seesack. Als ich das Deck erreichte, hatte mein gutes, altes Schiff bereits gewaltige Schlagseite. Mein Herz blutete, doch ändern ließ sich nichts mehr. Little Rosi hatte ihre letzte Reise angetreten. Ich sprang ins Beiboot und wir ruderten davon. Wir hatten vielleicht noch eine Meile bis zum Land, wenn überhaupt. Im Schutz des Rauches und der Nacht, hielt ich auf das nächst gelegene Ufer zu.

Wir liefen mit einem Ruck auf den Strand. Jeder schnappte sich was er bei sich hatte. In einer gemeinsamen Kraftanstrengung zogen wir unser kleines Beiboot hinter einen Felsen der ins Meer ragte, damit es von unserem Angreifer nicht entdeckt werden konnte. Das sollte verhindern dass unsere Verfolger einen Hinweis auf unseren Standort erhielten. Hinter einer niedrigen, felsigen Anhöhe, gleich hinter dem Strand, suchten wir Deckung.

Eine Explosion zerriss die Stille. Diese Marineleute hatten während der ganzen Zeit auf die Rosi gefeuert und vielleicht den Kraftstofftank getroffen. Was für ein Wahnsinn. Wenn sie an die Ladung gewollt hatten, warum schossen sie dann wie verrückt auf mein Schiff. Diese Frage wird wohl für immer unbeantwortet bleiben.

Wir kauerten in unserer Deckung und sahen zu wie das Schiff, das viele Jahre unsere Heimat war, vor unseren Augen versank. Flammen loderten nun das Rigg hinauf, fraßen sich durch die Segel und Leinen und in die hölzernen Masten. Gespenstisch tanzte der Widerschein der Flammen auf dem Wasser. Mit einem Mal war es schlagartig dunkel. Rosi war auf Tiefe gegangen und das Meer hatte die Flammen gelöscht.

Schlanke Lichtfinger glitten über das Wasser. Das Kriegsschiff suchte mit Scheinwerfern die Wasseroberfläche und die Uferlinie ab.

Eine Weile suchten sie noch. Irgendwann beschloss jemand an Bord die Suche abzubrechen. Ich hatte schon befürchtet, man würde drüber auch ein Boot zu Wasser lassen und uns nachjagen. Offensichtlich hatte der Kommandant des Kriegsschiffes einen anderen Entschluss gefasst. Sie drehte ab und hielten auf die Mündung des Kanals zu. Bald darauf war das Hecklicht verschwunden.

Julio hatte schlau wie er war, die Seekarte der Insel mitgenommen. Diese war zu Orientierung an Land nur mäßig geeignet, jedoch war eine Ortschaft darauf verzeichnet, die nur etwa vier Kilometer, genau im Osten von uns lag. Wir machten uns also auf den Weg, jedoch nicht ohne unser Beiboot etwa 100 Meter vom Ufer entfernt zu versenken, um unsere Spuren zu verwischen.

Es war ja durchaus möglich, das man am Tage nach uns suchte.

Ein schmaler blasser Streifen Licht tauchte am Horizont auf, als wir die kleine Ansiedlung inmitten einer grünen Oase, der ansonsten kahlen, felsigen Insel erreichten. Jeder der Männer hatte seinen Seesack geschultert. Wir waren ganz schön erledigt, nach dem Schrecken und der Anstrengung unserer Flucht. Doch Gott sei Dank, es war niemand verletzt. Ich hatte den länglichen Gegenstand aus der Kiste an dem Ende, an dem er aus meinem Seesack herausragte, mit einem meiner Hemden umwickelt, damit der schöne Stoff nicht gleich ins Auge fiel.

Als wir das Dorf erreichten, wurden wir schon erwartet. Die Kanonenschüsse waren auch hier nicht unbemerkt geblieben. Warum man uns nicht verriet, sondern half, weiß ich nicht. Jedenfalls führte uns einer der Dörfler an das ca. acht Kilometer entfernte Südufer der Insel. Ein Verwandter setzte uns, gegen eine angemessene Summe, Julio hatte natürlich auch den Bargeldvorrat, den wir an Bord hatten mitgenommen, auf das zehn Seemeilen entfernte Festland über. In Massaua konnten wir uns natürlich nicht mehr sehen lassen. Wir entschlossen uns daher, uns bis in den Sudan durchzuschlagen. Das klingt jetzt dramatischer, als es in Wirklichkeit war. Ein LKW nahm uns mit. Von dort ging es mit es mit verschiedenen fahrbaren Untersätzen weiter, bis wir irgendwann Khartum im Sudan erreichten. Inzwischen hatten sich unsere Wege getrennt, da wir keine geeigneten Transportmittel fanden, um gemeinsam zu reisen. Wir einigten uns darauf, dass wir uns alle in der amerikanischen Botschaft in Khartum melden wollten. Es dauerte tatsächlich drei Wochen, bis sich der letzte meiner ehemaligen Besatzung dort eingefunden hatte. Nun ging es nach Bur Sudan am Roten Meer. Hier trennten sich unsere Wege für immer, denn jeder suchte sich auf eigene Faust die Möglichkeit zur Weiterreise. Leider habe ich von keinem meiner Jungs je wieder etwas gehört.

Ich fand im Hafen einen Frachter, der mich bis Suez in Ägypten mitnahm. Dort bekam ich eine Heuer auf einem Kühlschiff, das Bananen aus Ost Afrika nach Europe brachte. Von dort aus gelangte ich zurück in die USA, wo ich im Frühjahr 1976 eintraf. Mr. Hurst hatte schon vor einer Weile, seine Schiffsagentur verkauft. Jedoch firmierte sie nach wie vor unter seinem Namen. So bat seinen Nachfolger Kontakt mit unserem Ansprechpartner für Frachten aus Äthiopien nach Jamaika in Kingston anzusprechen, um herauszufinden, wohin die geborgenen Gegenstände geschickt werden sollten.

Die Antwort war erschreckend. Den Ansprechpartner gäbe es nicht mehr, der Mann wäre kürzlich erschlagen aufgefunden worden. Und jemand anderen der sich zuständig fühlte, hätte er nicht ausfindig machen können.

So war das damals. Im Keller meiner kleinen Wohnung, in die ich nach Emilias Tod fünf Jahre zuvor, in meiner alten Heimatstadt Bridgeport bezogen hatte, fand das Zeug einen Platz im Regal.

Die nächsten vier Jahre fuhr ich auf kleinen Frachtern in der Trampschifffahrt, also Schiffen die nicht im Liniendienst unterwegs sind, sondern von einem zu nächsten Hafen schippern, ohne zu wissen wohin es sie als Nächstes verschlägt.

Mitte des Jahres 1980 hatte ich diese nach Schweröl stinkenden Schuhkartons satt. Als mich ein Bekannter fragte, ob ich jemanden wüsste der mit großen Segelyachten umgehen konnte, fiel ich mir natürlich sofort selbst ein. Man suchte jemanden der Neubauten seegehender Segelyachten von ihren Bauwerften zum jeweiligen Heimathafen überführen konnte. Meine langjährige Erfahrung war genau das was gebraucht wurde und so bekam ich den Job. Ich verdiente gutes Geld. Der Job war stressfrei, wenn man einmal davon absieht, das so mancher Eigner, oder auch angehender Skipper einer solchen Yacht, mir manchmal Sorgenfalten ins Gesicht trieben, so wenig Ahnung hatten sie von der Seefahrt unter Segeln. Alles in Allem war es aber eine prima Zeit. Ich durfte wieder segeln. Die Schiffe waren zum Teil spektakulär luxuriös. Ich blieb bei dieser Tätigkeit, bis ich mich 1998 in Südengland zur Ruhe setzte. Mir gefiel diese Gegend. Ich hatte die eine oder andere Yacht dort abgeliefert und verliebte mich in Land und Leute.

Ich bezog ein Zimmer in einem Seemannheim in Milford on Sea, gegenüber der Isle of Wight. Dort verbringe ich meinen Lebensabend. Im örtlichen Yachtclub habe ich noch eine Weile lang Kindern das Segeln beigebracht. Leider machen die Knochen und Gelenke seit einer Weile nicht mehr so mit. Daher habe ich das Feld einem jüngeren überlassen. Manchmal, wir haben regelmäßig Clubabende im Segelverein, halte ich Vorträge über

Seemannschaft, oder besser gesagt ich erzähle den jungen Leuten Geschichten aus der guten alten Zeit.

Vor zwei Monaten, bekam ich Schmerzen. Der Arzt den ich aufsuchte, teilte mir irgendwann mit, dass meine Leber hin sei und es mit mir zu Ende geht. Ich bin jetzt 81 Jahre alt und habe den Ozean des Lebens zum größten Teil gequert. Nun, da ich kurz davor bin meine letzte Reise anzutreten, bleibt mir nur noch meine Angelegenheiten zu ordnen. Wie schon erwähnt habe ich Ende der siebziger Jahre Kontakt zu deiner Mutter bekommen. Sie wollte einen Stammbaum der Familie erstellen und ist über sieben Ecken auf mich gestoßen. Sie fragte mich danach, was ich beruflich mache und so kamen wir auch auf deine Neigungen zu sprechen.

Du bist, jedenfalls meiner Kenntnis nach, der einzige Seemann in unserer Familie. Das ist der Grund, warum ich dir vererbe was ich habe. Ein Grund ist so gut wie der andere, also warum nicht dieser. Ich hoffe du kannst etwas mit dem Kram anfangen, den ein alter Seemann interlassen hat. Und vielleicht findest du ja etwas über die Sachen aus Äthiopien heraus. Ich hatte schon völlig vergessen, dass sie im Keller langsam verstaubten. Und das Geld kannst du sicher brauchen. Wir Seeleute häufen in der Regel keine großen Reichtümer an. Wie dem auch sei. Wenn du diesen Brief hier gelesen hast, bin ich den Weg alles Irdischen gegangen.

Ich wünsche dir und falls du eine hast deiner Familie alles Gute für dein Zukunft.

Gustav-Karl Kipnik

Kapitel 8

Hannes war beeindruckt, vom abenteuerlichen Leben seines Onkels. Er legte den Brief auf den Wohnzimmertisch und nahm das Gemälde zur Hand. Er dachte über das gerade gelesene nach. Bilder von Segelschiffen, von Afrika, von seinen eigenen Reisen und Erlebnissen durchzogen seine Vorstellung.

Er hatte gar nicht bemerkt dass Julia die Wohnung betreten hatte.

„Was ist denn mit dir los?"

Hannes wurde aus seinen Tagträumen gerissen. „Wie, was? Hallo Julia, wo kommst du denn her?"

Julia zog eine Grimasse und rollte mit den Augen. „Wo komme ich wohl her Paps, von draußen, also wirklich. Was machst du da eigentlich?"

Mit dem Brief wedelnd antwortete er „Das musst du lesen."

„Was ist das denn?"

„Der Brief von Onkel Gustav. Der hatte vielleicht ein abenteuerliches Leben. Hier lies."

„Och Paps, jetzt nicht. Mein Kopf ist noch zum Bersten voll von den Vorlesungen." Julia ging auf ihr Zimmer zu.

„Das ist super interessant, ich finde es hat echte Parallelen zu meinem Leben."

Julia seufzte genervt und rollte erneut mit den Augen.

„Das habe ich gehört."

Julia kam schnellen Schrittes zurück, schnappte sich den Brief aus Hannes Hand, drehte sich um und verschwand in ihrem Zimmer, während sie sagte. „Ich lese es vorm schlafen."

Hannes wurde von einem Klirren und Kleppern geweckt. Seine Uhr zeigte zwanzig nach acht. Er strecke sich. Wochenende ist was feines, da kann man ausschlafen, dachte er, jedenfalls wenn niemand mitten in der Nacht Radau in der Küche macht. Hannes stieg aus dem Bett. Der Esszimmertisch war gedeckt und Julia kam fix und fertig angezogen und gestylt aus der Küche.

„Was ist denn jetzt passiert?" wollte Hannes wissen und rieb sie den Schlaf aus den Augen. „Bist du aus dem Bett gefallen?"

„Hast du vergessen, dass wir nach einem kleinen Auto für mich schauen wollten?"

„Nein hab ich nicht, aber es ist doch noch viel zu früh. Die Autohäuser haben doch gar nicht geöffnet?"

„Deshalb frühstücken wir jetzt erst einmal, damit du gestärkt durch den Tag kommst, liebster Paps."

„Aha, seit wann ist dir mein leibliches Wohl denn so wichtig?"

„Seit dem du ein reicher Mann bist und ich ein neues Auto haben will."

„Ha, wusste ich es doch!" schnaubte Hannes. „Alle Frauen sind gleich. Wenn sie an unser Geld wollen, ist ihnen jedes Mittel recht."

„Du sagst es Paps. Das hast du richtig erkannt. Kaffee?"

„Ja gerne. Vielleicht sollte ich mir ein Schild um den Hals hängen auf dem steht; habe geerbt; möglicher Weise interessiert sich dann ein auch Wesen deines Geschlechts für mich?"

„Ach was, das sind dann nur diese geldgierigen Weiber. Weißt du, solche die sich an fette alte Opas mit Kohle krallen und hoffen das diese bald abnippeln, damit sie die Moneten für sich alleine haben."

„Das heißt also, ich bin alt und fett und kriege Frauen ab, die so sind wie du?"

Mit einer gespielt kecken Haltung baute sich Julia vor ihm auf, stemmte eine Hand in die Hüfte, warf den Kopf in den Nacken und sagte „Die schlechteste Wahl wäre ich nicht, wenn ich nicht gerade mit dir verwandt wäre."

„Apropos verwandt, hat du den Brief von Onkel Gustav gelesen?"

Julia setzte sich, nahm sich ein Brötchen und sagte dabei „Ja hab ich. Das liest sich wie ein Abenteuerroman. Meinst du, dass das alles wahr ist?"

„Woher soll ich das wissen?" Hannes zuckte mit den Schultern. „Für mich klingt es plausibel. Es ist aber eigentlich auch nicht wichtig."

„Doch schon." Entgegnete Julia. „Wenn diese Sachen von denen er in dem Brief spricht von diesem Kaiser Haile Dingsbums sind."

„Haile Selassie." unterbrach Hannes sie belehrend.

„Ja meinetwegen auch von dem, dann ist das schon wichtig. Stell dir vor das Zeug ist was wert?"

„Erstens, " entgegnete Hannes und verlieh seiner Stimme einen gewichtigen Tonfall, „haben wir doch wirklich genug Geld geerbt, einfach so, und zweitens was kann der Kram schon wert sein. Die Uhr vielleicht ein- zweihundert Euro, der Rest sind persönliche Erinnerungen. Die haben höchsten einen ideellen Wert. Und den auch nur für Gustav, aber der ist ja nun nicht mehr."

„Aber Paps, jetzt überleg doch mal. Dieser Kaiser wollte das Onkel Gustav das Zeugs kurz nach seiner Abdankung außer Landes bringt. Ich vermute mal, damit es nicht in falsche Hände gerät. Das soll dann gar nichts wert sein?" Hannes rieb sich das Kinn, stand auf und ging zur Anrichte hinüber, auf der noch immer die Sachen aus dem Erbe standen.

„Meinst du eines der Dinger hier", er deutete auf den Gehstock und den groben Stab „waren in diesem länglichen Etwas aus dem Brief? Wenn ja, was soll das wert sein? Ob das der Gehstock und der Wanderstab des Kaiser waren interessiert doch heute niemanden mehr."

„Mag sein", antwortete Julia nachdenklich. „Aber das Tongefäß in dem goldenen Kasten, was ist damit?" Hannes inspizierte den Kasten, nahm das Gefäß heraus und sah sich den Behälter genauer an. „Eigentlich

105

ist er aus Holz. Nur von außen sieht er golden aus. Vielleicht Blattgold, aber das hat auch keinen besonderen Wert. Und das Gefäß? Ich weiß nicht. Es ist so schmucklos, bis auf die blauen aufgemalten Blümchen. Sieht zwar alt aus, aber macht irgendwie nicht wirklich was her."

Julia nahm ihm das Gefäß aus der Hand, nahm den Deckel ab und sah hinein. „Was da wohl drin war?"

„Ich habe nicht die geringste Ahnung" antwortete Hannes, aber hast du nicht etwas von irgendwelchen Samen gestammelt?"

Eine Falte bildete sich zwischen Julias Augen „Ich stammele nicht!"

„Nein Frau Professor, natürlich nicht. Du sagtest nur in deinem unermesslichen Ratschluss, das der Bodensatz in dem Gefäß wie Samen aussieht."

„Haha, witzig. Das habe ich gesagt, ja. Aber da ist noch anderes vertrocknetes Zeugs drin."

„Da es sich wohl kaum um Gold und Diamanten handelt, können wir den Wert des Bodensatzes aber sicherlich auch vernachlässigen." entgegnete Hannes und grinste spitzbübisch. „Bleibt nur noch dieses Steinstück aus der Tafel die Onkel Gustav zerdeppert hat." Hannes griff danach und drehte es in den Händen. Was sind das für Hieroglyphen?"

Julia nahm es Hannes aus den Händen und begutachtete das Fragment. „Also das eine sieht wir eine Kuh aus, das hier wie ein sitzender Mensch, und das hier wie ein kniender."

„Also bedeutete es, " Hannes machte eine Kunstpause, „das ein Bauer einem anderen, der sozusagen über ihm steht, eine Kuh gibt?" Hannes Lachen steckte Julia an.

„Kann sein Paps, man müsste mal jemanden fragen, der diese Zeichen lesen, bzw. interpretieren kann."

„Kennst du so jemanden?"

„Nein, eigentlich nicht. Aber ich kann ja mal meinen Geschichtsprofessor fragen, ob er etwas dazu sagen kann." Julia zog ihr Handy aus der Tasche und machte ein Foto von der Steinplatte.

„Prima Idee, dann mal schauen was dein Prof meint. Trotzdem glaube ich nicht das das Teil etwas wert ist."

Julia zuckte mit den Schultern. „Hm, mal sehen was ich raus finde. Meinst du die Autohäuser haben schon auf?"

„Noch nicht, aber wir haben ja auch noch nicht zu Ende gefrühstückt."

Einige Stunden später saß Hannes an seinem Computer und verglich auf einem Portal für Gebrauchtfahrzeuge einige Modelle die sie heute Morgen angesehen hatten. Eine kleine Anzeige auf der Internetseite lenkte ihn ab. Sie warb für einen Antiquitätenhandel. Seine Gedanken wanderten wieder zu seinem Großonkel.

Im Grunde hatte seine Tochter natürlich Recht. Wenn die Erbstücke tatsächlich aus dem äthiopischen Kaiserhaus stammten, könnten sie etwas mehr wert sein, als es zunächst den Anschein hatte. Trotzdem machte er sich keine Illusionen. Ein Vermögen waren sie sicher nicht wert und im Grunde dachte er auch nicht daran sie die Sachen zu verkaufen. Trotzdem würde er doch gerne mehr erfahren. Bisher hatte er noch nicht einmal nachgesehen wo das Wrack seines Schiffes überhaupt lag? Wo war gleich noch mal der Untergansort dokumentiert? Im Testament, erinnerte sich Hannes. Auf 15°41'49.9"N 39°59'58.4"E stand da. Eine Seekarte müsste man haben. Ach Quatsch dachte er, das geht heute doch ganz anders. Er gab die Zahlen einfach in die Suchzeile seines Internetbrowsers ein und siehe da, bereits das erste Ergebnis zeigte einen Kartenausschnitt von Google Maps Auf ihm war das Dahlak Archipels, mit einem kleinen Fähnchen das genau den Standort markierte, auf den die Angabe nach Längen- und Breitengrad zutraf, zu sehen. Ein Schauer lief ihm den Rücken hinunter. Wenn man aus der Karte herauszoomte, dann konnte man den Küstenverlauf mit der Stadt Massaua sehen. Hannes zoomte erst ganz nah heran, es war aber nichts zu erkennen. Dann wieder heraus. Er nahm den Brief seines Onkels zur Hand und vollzog die Geschehnisse nach. Er fand heraus, das der Palast, in dem Gustav durch den Kaiser empfangen worden war, während des Krieges der letztendlich zur Spaltung Äthiopiens und Eritreas geführt hatte, während der Kämpfe beschädigt und dadurch zur Ruine geworden war. Aber vieles war wohl noch genauso wie vor beinahe vierzig Jahren. Wikipedia war eine weitere Quelle, deren Nutzung Hannes zu einem besseren Verständnis dessen verhalf, was damals geschehen war. Er tauchte in das Leben und die Welt des Kaisers ein, soweit er es hatte recherchieren können. Für einen Moment war er nicht mehr fähig zu denken. Sei Kopf war übervoll, von all den Ereignissen, dem Geld und den Gegenständen die er geerbt hatte. Was sollte er tun. Er musste mehr über die Dinge erfahren, die sein Onkel aus dem Wrack der Little Rosi geborgen hatte. So profan und unspektakulär wie es aussah, konnte es doch wohl kaum sein?

Ich muss erst einmal ein wenig frische Luft schnappen dachte Hannes. Draußen war es schon recht warm, wobei es für Ende Mai zu nass war. So war es auch heute, es regnete leicht. Hannes querte eine große Straße, auf deren anderen Seite ein Neubaugebiet lag. Hier gab es anders, als in der Siedlung in der er wohnte, nur Ein- oder Zweifamilienhäuser. Die Gärten waren gepflegt, die Garagen doppelt und die Menschen, die hier wohnte führten entweder ihre edlen Hunde, Autos oder, so dachte Hannes schelmisch, Frauen aus. Ob er sich von seinem geerbten Geld hier vielleicht ein Eigenheim kaufen sollte? Es würde freilich nicht ausreichen solch ein Objekt abzubezahlen, aber eine große Anzahlung wäre es in jedem Fall. Den Rest könnte er ja mit einer monatlichen Rate abbezahlen. Ein dunkler Wagen überholte ihn genau in dem Moment, als er eine recht große Pfütze passierte. Mit einem fontänenartigen Schwall drückte das große dunkle SUV, ein Porsche Cayenne, der so breite Reifen hatte, wie ein Formel Eins Rennwagen, das Wasser aus der Pfütze und spritze ihn von oben bis unten nass. So eine verdammte Scheiße fluchte Hannes und sah dem Wagen nach. Offensichtlich hatte der Fahrer gemerkt was geschehen war, denn das Auto stoppte. Die Person die ausstieg erkannte Hannes sofort. E s war die Rothaarige. Schlagartig hatte er wieder das peinliche Gefühl im Bauch, das er schon damals gehabt hatte, als sie ihn dabei ertappte, als er sie im Supermarkt so unverhohlen angeglotzt hatte. Er wollte sich schnell wegdrehen, doch es war bereits zu spät. Schnellen Schrittes, aber mit dieser besonderen Eleganz in ihrem Gang, kam sie auf ihn zu.

„Oh das tut mir so leid. Ich war ganz in Gedanken und habe die Pfütze völlig übersehen."

„Ist schon gut." brummte Hannes in sich hinein, Er schüttelnd sich wie ein Hund und versuchte das Wasser wieder loszuwerden.

„Nein das ist es nicht. Sie sind ganz nass und sie." Sie verstummte, als wäre es ihr peinlich den Rest des Satzes auszusprechen.

„Und ich sehe aus wie ein Schwein nach dem suhlen." Die Frau lachte. „Humor haben sie ja, das muss ich ihnen lassen. Kann ich sie irgendwo hin bringen, oder wollen sie sich abtrocknen? Ich wohne direkt da vorne, keine fünfzig Meter die Straße runter."

Hannes sah sie an. Und jetzt, da es nicht aufdringlich wirkte, konnte er sie aus der Nähe betrachten. Ihre hellbraunen Augen, die zum Rand der Iris hin dunkler, fast schwarz wurden, waren warm konnten sicher auch glutheiße Blicke werfen, wenn sie das wollten. Ihr Teint, war leicht gebräunt und erinnerte Hannes unwillkürlich an feines Porzellan. Auf den Mund mit vollen, sanft geschwungenen Lippen, hatte sie einen erdfarbenen blassen Rotton aufgetragen, der ein kleines rundes Muttermal auf ihrer Unterlippe nicht ganz abdeckte und seinen Blick wie magisch anzog. Er glotzte schon wieder, verdammt. „Nein, kein Problem, ich wohne da drüben, nicht weit, zweihundert Meter, oder so." Er deutete mit dem Daumen hinter sich.

„Ich kann sie fahren."

„Dann müssen sie danach ihren Wagen aber von ihnen reinigen lassen." antwortete er und sah ab sich herab. „Machen sie sich keine Gedanken, kein Problem, aber trotzdem, danke." Einen kurzen Moment lang, hatte er noch direkt in ihre Augen gesehen. Ob sie ihn wohl wieder erkannt hatte? Wenn ja, dann überspielte sie es gut. Sie verabschiedeten sich voneinander. Hannes drehte sich um, er wollte sehen in welche Hofeinfahrt sie bog. So ein Mist dachte er, ich hätte mich vorstellen oder sie nach ihrem Namen fragen können. Aber was hätte das gebracht, gar nichts.

Trotzdem grinste Hannes, als er die Wohnungstüre aufschloss. In der Zwischenzeit war Julia nach Hause gekommen. Sie hatte ihn gehört und kam aus ihrem Zimmer, um ihren Vater zu begrüßen.

„Wie siehst du denn aus, man könnte meinen, jemand hätte dich durch den sprichwörtlichen Dreck gezogen."

„Auto, Pfütze, nass gespritzt, das Übliche, du verstehst?"

Juli nickte „Was gibt's eigentlich zu essen?"

Mit einem sarkastischen Unterton entgegnete Hannes „Na das was du gekocht hast."

„Wieso, ich habe doch gar nichts gekocht?"

„Siehste, dann gibt es genau das, nämlich nichts."

„Ja und was isst du?"

„Ich? Hm, ich lasse mir etwas vom Italiener bringen."

Julia wusste, was sie tun musste. „Darf ich mir auch was bestellen Paps, bihtte." Sie klimperte mit den Augen und legte den Kopf leicht schief, während Hannes sich im Badezimmer die nassen Sachen auszog.

„Na, von mir aus. Du bestellst. Ich hätte gerne Bandnudeln mit Lachs und Sahnesoße. Und jetzt gehe ich erst mal duschen."

Eine halbe Stunde später, klingelte es und der Pizzabote lieferte die Bestellung. Julia hatte den Tisch gedeckt und sich dabei ins Zeug gelegt. Alles war da. Kerzen, Weingläser und Stoffservietten.

Hannes lächelte bei dem Anblick, ging in die Küche und holte ein Flasche Wein.

„Ich glaube, ich habe ein Auto für dich gefunden." sagte Hannes wie beiläufig, während sie aßen.

„Echt, was denn für eins?"

„Einen gelben Smart, echt billig und nur ein bisschen Rost!"

Julia hörte auf zu kauen, sah ihren Vater verständnislos an. „Einen Smart? In Gelb? Nur ein bisschen Rost? Aber ich habe dir doch gesagt, alles nur keinen Smart."

„War `n Witz, nein natürlich keinen Smart. Und gelb ist er auch nicht."

„Man Paps, du bist manchmal echt doof." Wieder dieser Hundeblick „Und was ist es wirklich für einer?"

„Du wolltest ja ein Cabrio?" Julia nickte, ohne die Augen von ihrem Vater zu lassen. „Ein rotes?"

Wieder ein Nicken. „Schau mal, das habe ich ausgedruckt." Hannes griff nach unten und nahm einen bedruckten Bogen Papier vom Stuhl neben sich und reichte ihn Julia.

„Oh" entfuhr es Julia, „der ist aber schön. „Fiat 500C." las sie vor.

„Ja, und schau mal, hat erst 11.700 km auf dem Tacho."

„Und das Rot ist toll. Und innen ist er beige. Nein ist der schön." Sie stockte. „Aber der kostet ja fast 10.000 €."

„Er hat aber auch 101 PS, das ist genauso viel wie mein Audi hat."

„Ist der denn nicht zu teuer?"

„Nein, ist er nicht. Ich denke das ist in Ordnung. Ich möchte ja nicht das meine Tochter mit einer schäbigen, alten Karre, wie ihr Vater es tut herum fährt."

Julia fiel ihrem Vater um den Hals. „Danke, danke, danke Paps. Du bist der aller, aller Beste."

„Ist ja gut." sagte Hannes stöhnend und befreite sich aus Julias Umarmung. „Jetzt habe ich was bei dir gut."

„Und was?"

„Du putzt mein Auto bis ans Lebensende."

„Das ist nicht schlimm, die alte Karre hält höchstens noch ein halbes Jahr."

„Ich meinte dein Lebensende, nicht das des Autos."

Julia streckte ihrem Vater die Zunge heraus. „Mhm, ich habe aber auch etwas für dich."

„So, was denn?"

„Ich habe das des Steinfragments meinem Geschichtsprofessor gezeigt."

„Und? Was hat er gesagt?" Hannes wurde neugierig.

„Er kann leider keine Ägyptischen Schriftzeichen lesen, will das Foto aber jemandem vom Archäologischen Institut zeigen, einem Experten für so etwas."

„OK, das ist aber nett von deinem Professor."

„Und ich habe noch etwas. Morgen nehme ich eine Probe von dem Bodensatz aus dem Tongefäß mit. Ich habe mit einer studentischen Hilfskraft gesprochen, der kennt einen Doktoranden, der das Zeug für uns untersuchen kann."

Hannes war verblüfft und sagte nur „Danke, mein Schatz, prima."

„Kein Problem, gern geschehen. Und was machen wir jetzt?" Julia sah ihren Vater erwartungsvoll an.

„Ich lege mich ein bisschen aufs Sofa und du machst die Küche sauber, oder nein, besser mein Auto, oder noch besser beides."

Julia verdrehte genervt die Augen.

„Oder, " Hannes zog das Wort in die Länge. „wir kaufen dir jetzt dein Auto. Das Autohaus hat noch offen?"

„Jetzt hast du schon zwei Tausend Kilometer auf den Wagen gefahren, dabei hast du ihn doch noch gar nicht so lange." sagte Hannes zwei Wochen später, als sie mit Julias neuem Gefährt in die Tiefgarage fuhren. Seinen alten Audi, ein ehemals weißes Auto das schon mehr als zwanzig Jahre auf dem Buckel hatte, stand seit dem auf der Straße.

„Es macht eben Spaß ihn zu fahren. Nur kein Neid Paps."

Hannes grinste. Gemeinsam gingen sie die sie durch den Korridor, der die Tiefgarage mit den Wohneinheiten verband und stiegen die Treppen zu ihrer Wohnung hinauf. Als Hannes die Türe öffnete, drang der melodische Ton seines Festnetzapparates nach draußen. Rasch lief er ins Wohnzimmer. „Ja, hallo?" „Wer?" „Ja, das ist meine Tochter." „Ja, die ist auch da, einen Moment bitte, ich rufe sie." „Julia, kommst du mal? Die Uni für dich."

„Wer ist es denn Paps, rief Julia aus dem Flur, während sie ihre Jacke aufhängte.

„Eine Frau Meyer-Sowienoch, das habe ich nicht genau verstanden." Er hielt seiner Tochter den Hörer hin.

„Kenn ich nicht." sagte Julia leise und nahm den Hörer. „Julia Thomsen" Sie hörte eine Weile lang zu, dann rief sie ihrem Vater zugewandt „Ist doch für dich, wegen des Steins."

„Hannes Thomsen am Apparat."

Während er sprach, ging er in die Küche, holte sich Stift und Papier und schrieb hi und da etwas auf.

Nach dem Hannes das Gespräch beendet hatte sah ihn seine Tochter fragend an.

„Wer war das denn genau und was hat sie gesagt?"

„Das war die Dame vom Archäologischen Institut, der dein Geschichtsprofessor das Foto gegeben hat. Eine, mal sehen ob ich das noch zusammen bekomme, Frau Professor, Doktor Gudrun Meyer-Seegrund, Professorin für Klassische Archäologie. Sie sei unter anderem eine Spezialistin für Ikonografie am Institut hat sie gesagt. Dann wolle sie noch wissen wo ich das Ding her habe und das der Handel mit Ägyptischen Antiken illegal sei. Ich habe ihr dann gesagt, dass wir das Fragment geerbt haben. Trotzdem kann auch der bloße Besitz schon problematisch sein. Dann wollte sie noch wissen, wie groß das Stück ist und ob wir noch weitere Teile der Tafel haben. Na, ja du hast ja gehört was ich ihr gesagt habe."

„Und was meint sie zu den Schriftzeichen?"

„Die sind nichts Besonderes und stehen für Frau oder Ehefrau, für eine einzelne Kuh oder Vieh im Allgemeinen, je nach Zusammenhang des weiteren Textes, der ja aber leider fehlt und das dritte Zeichen bedeutet Sklave."

„Hat sie auch erwähnt wie alt das Ding ist?"

„Sie meinte Phraseologisch, was auch immer das genau heißt, können sie es nicht einordnen dazu wären es zu wenig Zeichen. Gesichert wären ihre Angaben nicht, aber so wie die Zeichen gearbeitet seien, könnten sie gut aus der zweiten Hälfte des neuen Reiches stammen, vielleicht der 19 Dynastie sagte sie. Ich hab's aufgeschrieben,

Moment. Also etwa zwischen 1305 und 1196 vor unser Zeitrechnung."

„Dann wäre die Tafel zwischen 3200 und 3300 Jahren alt."

„Stimmt, das sagte sie auch. Aus dieser Zeit gibt es relativ viele Artefakte, anders wäre es wenn der Stein aus der 1. Dynastie oder so stammen würde. Dann wäre er 5000 Jahre alt. Ägyptologisch ist er also irgendwie mittelalt. Den seit 30 vor Christus herrschten nach dem Tod von Kleopatra die Römer über das Land am Nil."

„Ist sie denn etwas wert?"

„Dazu hat sie nichts gesagt. Und ich habe nicht gefragt."

Kapitel 9

Hannes saß in seinem Büro und sah aus dem Fenster. Immer noch alles grau in grau dachte er und wir haben schon Anfang Juni. So ein Mist. Das Wetter könnte sich jetzt wirklich langsam bessern. Eigentlich hatte er vorgehabt am Wochenende sein altes Segelboot endlich ins Wasser zu bringen, aber bei diesem Wetter hatte er so gar keine Lust dazu.

„Was denkst du?" sprach ihn sein Kollege an und riss ihn aus seinen Gedanken.

„Eigentlich nichts" antwortete Hannes und sah wieder auf seinen Bildschirm.

„Na dafür hast du aber schon sehr lange aus dem Fenster gestarrt." meinte sein Kollege mit einem verschmitzten Grinsen im Gesicht. Hannes war Leiter einer kleinen Abteilung, in einem internationalen operierenden Konzern, deren Aufgabe es war, den technischen Betrieb der Gebäude seines Unternehmens und deren Verwaltung sicher zu stellen. Er war nach seiner Zeit auf See, irgendwie in diese Tätigkeit hinein gerutscht. Der Job war nicht aufregend, man konnte nicht reich dabei werden, aber er war OK. Er hatte sich, anders als seine Kollegen die eine Abteilung leiteten, dazu entschieden nicht auf ein Einzelbüro zu bestehen, sondern es vorgezogen sich wie alle anderen auch in ein Großraumbüro zu setzen. So war er stets mitten im Geschehen und bekam unmittelbar mit wie sich die Stimmung in der Abteilung entwickelte.

Sein Handy piepte mit einem Ton, der im signalisierte das er eine Kurznachricht erhalten hatte. Mit einem kurzen Blick darauf, stelle er fest, dass sie von Julia kam.

‚Hab Nachricht von dem Bio Doktoranden. Ich treffe mich nachher mit ihm in der Mensa. Dann erfahre ich was er herausgefunden hat. Bin um halb sechs da. Kannst du mich vielleicht vom Bahnhof abholen, hier regnet es gerade, danke. Bis nachher. Hab dich lieb Julia'. Hannes steckte das Handy wieder ein. Er lächelte und sah wieder aus dem Fenster.

„Und denkst gerade auch wieder nichts?"

Hannes zog eine Grimasse und sah seinen Kollegen mit hochgezogenen Braune an. „Nur meine Tochter, ich soll sie nachher vom Bahnhof abholen."

„Mein Sohn hat ein Auto, seitdem hat das mit dem Herumkutschieren aufgehört."

Hannes hatte bisher niemandem seiner Kollegen etwas von der Erbschaft erzählt und hatte es auch nicht vor, deshalb sagte er nur. „Julia, fährt lieber mit dem Zug zur Uni. Dann muss sie schon keinen Parkplatz suchen. Außerdem ist das Semesterticket nicht sehr teuer und allemal billiger als das Benzin, das sie verfahren würde, von den Parkgebühren in der Stadt einmal ganz abgesehen." Er sah auf die Uhr und lächelte. Er trug jetzt immer die alte Uhr seines Onkels und wischte sanft über das Glas. Er würde so oder so bald Schluss für heute machen. Damit er das auch schaffen konnte, wendete er sich erneut seinem Computer zu und begann damit eine E-Mail zu verfassen.

Hannes lenkte den Audi auf den Parkplatz vor dem Bahnhofsgebäude und hielt Ausschau nach seiner Tochter.

Julia öffnete die Wagentüre und setzte sich auf den Beifahrersitz. Sie war pudelnass. „Was für ein Mistwetter und die blöde Bahn hatte auch wieder Verspätung. Ich möchte wissen ob die es einmal schaffen, pünktlich zu sein. Und einen Sitzplatz habe ich auch nicht bekommen. Und dafür zahle ich einen Haufen Geld."

„Ja, dir auch einen guten Tag, meine liebe Tochter", unterbrach Hannes Julias Redeschwall. „ Und ja, es geht mir auch gut."

Für den Bruchteil einer Sekunde brachte er Julia aus der Fassung, dann sagte sie „Tschuldigung Paps." Sie beugte sich zu ihm hinüber und gab ihm einen Kuss auf die Wange.

Hannes lächelte. „So, jetzt nochmal mein Schatz, wie war dein Tag?"

Julia wollte gerade zu ihrem Bericht ansetzen, als Hannes sagte. „Oh, schau mal, die Frau da mit dem kleinen Hund. Die hat mich kürzlich so nass gespritzt."

„Oh wie süß?"

„Was, wie? Süß? Die Frau?

„Nein der Hund Paps, schau doch mal." Im Vorbeifahren drehte sie sich um. „Und die Frau auch, nicht schlecht. Die hat was."

Ja, dachte Hannes, das hat sie. Komisch das man sich manchmal beim bloßen Anblick, zu einer Person hingezogen fühlt und der Puls steigt. „Meinst du?" fragte er stattdessen.

„Komm schon Paps, du hast sogar extra in den Rückspiegel gesehen, nur wegen dieser Frau." Sie grinste ihn an.

Ertappt dachte Hannes, sagte aber. „Was du immer alles gesehen haben willst. Erzähle lieber was dieser Doktormensch gesagt hat."

„Ja gleich, erzähl doch erst mal noch etwas über die schöne Rothaarige."

„Was soll ich denn da erzählen, da gibt es nichts zu erzählen."

„Hast du ihre Nummer, weist du wo sie wohnt?"

„Wie bitte? Na ja, also ja und nein."

„Was soll das denn jetzt schon wieder heißen, kannst du dich mal so ausdrücken, dass dich eine einfache Studentin der Biologie und Geschichte im dritten Semester auch versteht.

„Ich weiß wo sie wohnt, aber ihre Nummer habe ich nicht?"

„Und wie heißt sie, kennst du wenigstens ihren Namen?"

„Nein kenne ich nicht, aber apropos Biologie. Was sagt den jetzt dein Kollege?"

„Der Typ ist kein Kollege, der ist schon fertig mit dem Studium und macht gerade seinen Doktor. Er ist

Paläobiologie, insbesondere Paläobotaniker mit dem Spezialgebiet Paläogenetik."

„OK. Und was macht so ein Paläobilogiegenetiker?"

„Der befasst sich mit der Ontogenese bei bereits ausgestorbenen Pflanzenarten."

„Hm, " Hannes brummte. „und könntest du dich so ausdrücken das ein Kaleu a.D. auch dich versteht?"

Mit einem Tonfall, also gehörte es zur Allgemeinbildung meinte sie. „Na das ist halt die Beschreibung der Individualentwicklung von Organismen."

„Ach so, na dann ist ja alles klar. Das bedeutet also, er findet raus warum tote Pflanzen so geworden sind wie sie aussahen, als sie ausgestorben sind?"

„Ja so ähnlich."

„Toll, und was bringt das der Menschheit? Und wieso untersucht ein Biologe für ausgestorbene Pflanzen unsere Probe?"

„Er kann zum Beispiel feststellen, was in Substanzen enthalten ist, die alten Tonkrügen gefunden wurden."

„Na wenn das so ist, ändert das natürlich alles." Hannes grinste. „Und was hat er nun festgestellt, der Paläobiologe?"

„Ich hatte Recht mit dem Samen. Und Davi ist der Richtige, weil die Pflanze von der der Samen stammt, in zwischen so nicht mehr existiert."

„Das heißt"

„Das sie sich über die Zeit hinweg genetisch leicht verändert hat. Das sieht man daran, das manche genetische Marker der Pflanze sich durch evolutionäres Entwicklungen leicht verschoben haben."

„Na gut, das erklärt natürlich alles." Hannes warf seiner Tochter einen schiefen Blick zu und grinste. „OK, es bedeutet also das die Pflanzen von der diese Samen aus dem Topf stammen vor langer Zeit gelebt haben. Hat der Experte auch gesagt wie alt die Pflanzen sind und um welche Gattung es sich handelt?"

„Ja klar. Also, man kann, wenn man heutige Pflanzen betrachtet und diese mit älteren, von denen bekannt ist, wann diese gelebt haben, einen Vergleich anstellen und ein Maß für die Verschiebung gewisser Marker ermitteln. Man bildet dann, vereinfacht dargestellt, sozusagen einen Dreisatz mit dem das Alter der zu bestimmenden Probe festgestellt wird. Bei den Gewächsen, Davi hat sogar zwei Gattungen identifizieren können, handelt es sich um Bäume, mit den lateinischen Namen Tamarix Manifera und Tamarix Nilotica.

„Super, jetzt sitz ich hier ich armer Thor und weiß so viel als wie zuvor. Was sind das also für Bäume und wie heißen diese Teile hier bei uns? Und wer ist überhaupt dieser Davi?"

„Davi heißt eigentlich David vLewald, das ist der Doktorand von dem ich dir erzählt habe. Die Bäume gehören zur Gattung der Tamarisken, die wachsen hier aber nicht. Mehr so in Nordafrika, Arabien und Westasien.

Sehen so aus als würden Staubwedel dran wachsen. Sind aber schon richtige Bäume und werden so 5 bis 7 Meter hoch. Und die Altersbestimmung, die Davi gemacht hat, er hat einen Vergleich mit der Radiokohlenstoffdatierung gemacht, hat ergeben das der Samen und auch das andere Zeug aus dem Krug etwa 3000 bis 3500 Jahre alt sind."

„Also genau so alt wie das Steinfragment." sagte Hannes sinnierend. „Dann ist der Topf sicher auch so alt. Ich nehme an der Bodensatz ist darin eingetrocknet. Wenn jetzt der Wanderstab, den Gehstock können wir mit Sicherheit ausschließen, der ist aus unserer Zeit, auch noch so alt ist gehört der Kram also in die gleiche Epoche. Was war das eigentlich mit dem anderen Zeug, das du erwähnt hast?"

„Das ist im Übrigen kein bisschen jünger. Dabei handelt es sich um sich um Reste von Coccus Manniparus."

Hannes rollte mit den Augen. „Klugscheisserin. Und was ist das nun wieder? Eine antike Kokosnuss?"

„Ne, völlig daneben. Das sind Schildläuse."

„Bäh, na toll. Wie sind die denn da rein gekommen? Ist ja eklig."

„Eigentlich ist es ganz einfach. Diese Schildläuse leben auf diesen Bäumen, wie bei uns manche Arten auf Rosen oder anderen Blütenpflanzen leben. Diese spezielle Tamarisken Art jedenfalls, produziert spontan nach dem Stich der kleinen Schildlaus ein Sekret. Sie sondert einen glänzend weißen, honigsüßen Tropfen ab, der besonders in der heißesten Zeit, im Juni und Juli, von den von der betreffenden Schildlaus angestochenen Zweigen herab träufelt. Es kommt vor das die Läuse sich in den Tropfen verfangen und mit vom Baum fallen."

„So wie bei Bernstein, in dem man gelegentlich Insekten findet?"

„Ja, genau so. In der kühle der Nacht werden diese Tropfen fest, so wie Wachs etwa und man kann sie dann einsammeln. Darin befindet sich eine natürliche Zuckerart, die statt Traubenzucker Mannit, das ist eine andere Art von Süßstoff, enthält. Man kann das essen. Schon seit vielen tausend Jahren wird es gesammelt und dient in Arabien bis heute in einige Gegenden zum Süßen von Speisen."

„Meinst du wir könnten Davi fragen, ober er den Holzstock auch untersuchen könnte?"

„Du meinst diesen komischen alten Ast? Ja schon, aber" Julia stockte.

„Aber?"

„Ich finde den irgendwie nervig. Der ist so ein richtiger Strebertyp und findet sich auch noch gut dabei. Und er schaut mich immer so an."

„Wie schaut er dich an? Etwa wie ein Mann eine Frau ansieht?" Julia blickte genervt zur Decke. „Ah, so, er schaut die in den Ausschnitt und auf den Hintern?"

„Paps, also wirklich, du bist echt doof."

„Stimmt, aber meinst du, du könntest ihn trotzdem fragen?

„Ok, ich mach es ja, du Nervensäge von einem Vater. Was bekomme ich eigentlich dafür?"

Hannes tat so, als ob er nachdachte. „Einmal Klamotten shoppen?"

„Das hört sich doch gut an. Das machen wir."

Vier Tage später

Hannes hatte Julia von einer Freundin abgeholt, bei der sie nach der Uni noch vorbei gefahren war.

Sie erzählte ihrem Vater, das Davi den Holzsplitter, den sie dem Stab entnommen hatten, untersucht und ebenfalls auf ein Alter von ca. 3000 bis 3500 Jahren datiert hatte.

„Hab ich mir doch gedacht." Kommentierte Hannes Julias Ausführungen. „Jetzt müssten wir nur noch den Römertopf, oder was auch immer das Ding genau ist, datieren lassen. Denn der stammt ja auch aus der Kiste vom Kaiser."

„Das könnte doch vielleicht diese Professorin vom Archäologischen Institut machen, die auch schon das Steinfragment geprüft hat." antwortete Julia.

„Genau, das ist eine gute Idee, diese Meyer-Seegrund. Ich schreibe ihr einfach ein E-Mail und hänge ein Foto dran. Die E-Mail Adresse finde ich bestimmt auf der Homepage des Instituts."

Von: Hannes-Thomsen@gmx.de

An: Gudrun.Meyer-Seegrund@archäologie.uni-freiburg.de

Betreff: Tongefäß

Sehr geehrte Frau Prof. Dr. Meyer-Seegrund,

ich nehme an, Sie erinnern sich noch an das Foto eines Steinfragments mit ägyptischen Hieroglyphen, welches Sie über den Geschichtsprofessor meiner Tochter, Julia Thomsen, bekommen haben. Sie waren so nett und haben mir am Telefon gesagt, was darauf geschrieben steht. Vielen herzlichen Dank nochmals dafür. Wir haben das Fragment, wie gesagt, geerbt. Ein weiteres Stück dieses Erbes ist ein tönernes Gefäß. Die Vermutung liegt nahe, dass es aus der gleichen Epoche stammt, wie der Stein. Wir haben in diesem Gefäß eingetrocknete Rückstände gefunden. Meine Tochter, die neben Geschichte auch Biologie studiert, hat diese Rückstände mit dem Ergebnis untersuchen lassen, dass sie etwa so alt sind wie das Fragment. Ich habe ein Bild des Gefäßes beigefügt.

Es wäre sehr nett, wenn sie die Zeit fänden und es sich einmal ansehen könnten. Ich würde gerne wissen, was das für ein Gefäß ist und wo es her kommt.

Vielen Dank vorab

Mit freundlichen Grüßen

Hannes Thomsen

Von: Gudrun.Meyer-Seegrund@archäologie.uni-freiburg.de

An: Hannes-Thomsen@gmx.de

Betreff: AW: Tongefäß

Sehr geehrter Herr Thomsen,

ja natürlich erinnere ich mich noch an Sie und ihr Fragment. Vielen Dank für ihre E-Mail. In Bezug, auf die abgebildete Keramik kann ich derzeit nur so viel sagen, das in sofern es sich um ein Original aus der Zeit handelt, diese wahrscheinlich aus dem antiken Ägypten, oder den angrenzenden Gebieten stammt und sich aufgrund des floralen Musters in die 18. Dynastie bis Ende der 20. Dynastie einordnen lässt. Es ist im sogenannten „Blue-Painted Stil" bemalt. Die Dekoration stellt stilisierte Blüten dar, ein typisches Element der Zeit. Bei dem Gefäß selbst handelt es sich um recht verbreitetes Vorratsgefäß. Das Volumen ist mir natürlich nicht bekannt. Eventuell können sie es durch auffüllen mit Wasser feststellen? Eine genauere Verortung, der Herstellung ist aufgrund eines Fotos natürlich nicht möglich. Dazu benötigte ich eine Probe der Keramik.

In der Hoffnung ihnen weiter geholfen zu haben verbleibe ich.

Mit freundlichen Grüßen

Gudrun Meyer-Seegrund

Von: Hannes-Thomsen@gmx.de

An: Gudrun.Meyer-Seegrund@archäologie.uni-freiburg.de

Betreff: AW: Tongefäß

Sehr geehrte Frau Prof. Dr. Meyer-Seegrund,

vielen herzlichen Dank für ihre ausführliche E-Mail. Ich habe das Volumen gemessen. Es passten genau 2,2 Liter Wasser hinein. Ich wäre schon daran interessiert, mehr über das Gefäß zu erfahren. Rein hypothetisch gefragt, könnte man eigentlich auch feststellen, woher der Stein des Fragmentes kommt?

Mit freundlichen Grüßen

Hannes Thomsen

Von: Gudrun.Meyer-Seegrund@archäologie.uni-freiburg.de

An: Hannes-Thomsen@gmx.de

Betreff: AW: Tongefäß

Hallo Herr Thomsen,

das Volumen, welches sie ermittelt haben, passt genau zu einer antiken Maßeinheit. Man nennt diese Gomer. Man könnte selbst verständlich feststellen, woher sowohl die Keramik, als auch das Fragment stammen. Wie gesagt, dazu müssten diese den Weg ins archäologische Institut finden. Würden sie mir denn verraten, woher genau sie die Objekte haben, bzw. von wem sie diese erbten? Ich sagte ihnen ja bereits, dass der Handel mit Ägyptischen Antiken von ungeklärter Herkunft illegal ist. Wenn es für sie in Ordnung ist und um die Kosten niedrig zu halten, bzw. damit diese nicht entstehen, würde ich die Artefakte meinen Studenten zur Altersbestimmung im Rahmen eines entsprechenden kleinen Projektes zur Verfügung stellen. Was halten sie von meinem Vorschlag?

Mit freundlichen Grüßen

Gudrun Meyer-Seegrund

Von: Hannes-Thomsen@gmx.de

An: Gudrun.Meyer-Seegrund@archäologie.uni-freiburg.de

Betreff: AW: Tongefäß

Sehr geehrte Frau Prof. Dr. Meyer-Seegrund,

die Stücke habe ich von einem Großonkel mütterlicherseits nach dessen Tod geerbt. Dieser Onkel war Seemann und hat die Stücke auf abenteuerlichem Wege während seiner Zeit auf See bekommen. So steht es in einem Brief, der ebenfalls aus der Erbmasse stammt. Es würde aber den Rahmen sprengen, wenn ich das alles per E-Mail darlegen würde. Ich würde es ihnen erzählen, wenn ich die Stücke ins Institut bringe. Wann würde es ihnen denn passen?

Mit freundlichen Grüßen

Hannes Thomsen

Von: Gudrun.Meyer-Seegrund@archäologie.uni-freiburg.de

An: Hannes-Thomsen@gmx.de

Betreff: AW: Tongefäß

Hallo Herr Thomsen,

vielen Dank für die Erklärung. Auf die detaillierte Geschichte bin ich schon sehr gespannt und neugierig. Ich habe jeweils mittwochs von 16 bis 18 Uhr Sprechstunde. Könnten sie das einrichten?

Mit freundlichen Grüßen

Gudrun Meyer-Seegrund

Von: Hannes-Thomsen@gmx.de

An: Gudrun.Meyer-Seegrund@archäologie.uni-freiburg.de

Betreff: AW: Tongefäß

Sehr geehrte Frau Prof. Dr. Meyer-Seegrund,

der Termin passt mir sehr gut. Vielen Dank, das sie das alles ermöglichen. Wir sehen uns dann am nächsten Mittwoch im Archäologischen Institut.

Mit freundlichen Grüßen

Hannes Thomsen

Kapitel 10

Den Kasten mit dem Tongefäß, sowie das in ein Tuch eingeschlagene steinerne Fragment, in einem Korb neben sich stehend, erreichte Hannes den Parkplatz vor dem Rektoratsgebäude der Universität Freiburg, in dessen viertem Stock sich die Räumlichkeiten des Archäologischen Instituts befanden. Das Gebäude passte so gar nicht zu seiner Vorstellung einer altehrwürdigen Uni im Allgemeinen und zu einem Institut, welches sich mit Altertümern befasste im Speziellen. Das Haus am Fahnenbergplatz, war ein moderner Bau mit einer Glasfront und enttäuschte Hannes ein wenig. Was soll es, dachte er, die Archäologie war eine moderne Wissenschaft und nicht so eine verstaubte Angelegenheit, wie sie in manch einem Roman oder Abenteuerfilm dargestellt wurde. Warum also nicht ein modernes Gebäude.

Er betrat um kurz nach 16 Uhr die Lobby und erkundigte sich bei der Dame am Empfang, wo denn die Sprechstunde von Frau Professor Dr. Meyer-Seegrund stattfände. Kurz darauf klopfte er, ein wenig zu zaghaft wie er dachte, an der Türe und wartete ein Herein ab. Als er dieses vernommen hatte, öffnete er und betrat den Raum.

Hannes muss sehr verdattert ausgesehen haben. Erst war es einen Moment lang sehr still, dann lachte die Frau hinter dem Schreibtisch kurz verunsichert auf und erhob sich.

„Sie? Sie sind Frau Professor Dr. Meyer-Seegrund?"

Die Dame, die sich hinter dem Tisch erhob, war niemand anderes als jene rothaarige Frau, die ihn schon das ein oder andere Mal in ihren Bann gezogen hatte. Sein Erstaunen hatte er zunächst nicht verbergen können, fasste sich aber rasch wieder. Er streckte ihr die Hand über den Tisch entgegen und begrüßte sie. „Guten Tag Frau Professor, das ist ja jetzt aber mal eine Überraschung."

Hannes hatte den Eindruck, dass sein Gegenüber reichlich verwirrt war, denn sie sah mit einem großen Fragezeichen in den Augen an. „Kennen wir uns denn bereits?"

Offensichtlich hatte sie ihn nicht wieder erkannt. Wie dumm von mir, dachte Hannes und entgegnete. „Entschuldigung, ich habe mich gar nicht vorgestellt, ich bin Hannes Thomsen. Wir hatten für heute einen Termin wegen der weiteren Bestimmung zweier Gegenstände gemacht. Vielleicht erinnern sie sich?" „Aber ja, natürlich erinnere ich mich. Ich dachte mir gleich, dass sie das sein müssten, denn wie ein typischer Student sehen sie nicht gerade aus. Ich hatte allerdings das Gefühl, dass sie mich kennen?"

„Kennen ist zu viel gesagt. Als wir uns das letzte Mal begegnet sind, sah ich eher aus wie eine Mischung aus einem begossenen Pudel und einem Borstentier nach der Sule."

Frau Meyer-Seegrund stieß sich die Handfläche vor die Stirn. Eine zarte Röte stieg ihr den Hals hinauf und färbte ihre porzellanfarbene Haut rosa. Hannes musste unwillkürlich schlucken. Diese Frau wirkte ungemein anziehend auf ihn. Er hatte in dieser Sekunde das Gefühl, sein ganzer Körper, seine Haltung und sein Blick riefen ihr zu wie er gerade empfand.

„Doch ja, natürlich." durchbrach sie diesen, für Hannes peinlichen, Augenblick. „Das war oder besser gesagt ist mir immer noch unglaublich peinlich."

„Muss es nicht, wirklich nicht. Es ist alles wieder sauber und trocken."

„Sie sagten bei unserem kleinen Zusammenstoß, sie wohnten nicht weit weg?"

„Stimmt genau. Nur etwa zweihundert Meter vom Ort des Geschehens."

„Dann sind wir ja quasi Nachbarn?"

„Ja beinahe, ich wohne in der Sachsenstraße, kennen sie die?"

Sein Gegenüber schüttelte leicht den Kopf, mit dem Effekt, dass sich ihre Haare sacht bewegten. Funkelnde Reflexe waren die Folge. Hannes Blicke wurden unwillkürlich davon angezogen, während Frau Meyer-Seegrund sagte „Nein, kenne ich nicht; ist irgendetwas mit meinen Haaren?"

„Nein, warum?"

„Ich dachte nur, sie haben so geschaut."

Nicht schon wieder dachte Hannes, sagte aber. „Nein, alles OK."

Frau Meyer-Seegrund lächelte wissend. Sie wusste sicher ganz genau um die Wirkung, die sie auf Männer hatte. Kein Wunder, so wie sie aussah. Jetzt erst riskierte er einen Blick auf sie in Gänze. Enge Jeans. Im Kontrast dazu eine leicht glänzende, aus fließendem Stoff bestehende, elegante Bluse, die aber sehr gut zur Jeans passte. Vorne hatte sie das Oberteil in die Hose gesteckt, damit die große, silberne Gürtelschnalle, mit einem Rankenmotiv darauf, besser zur Geltung kam.

„Das Haus indem ich wohne, ist auf der anderen Seite der großen Straße, neben dem kleinen Einkaufszentrum."

„Ach da." War da ein gewisser abfälliger Tonfall in ihrer Antwort? Hannes schüttelte den Gedanken schnell wieder ab. „Wenn das so ist, kommen sie doch einfach mal rüber, auf einen kleinen Wiedergutmachungskaffee."

„Aber sie haben es doch längst wieder gut gemacht. Sie waren so nett und haben mir aufschlussreiche Informationen zu meinem Erbe gegeben."

„Das war aus rein beruflichem Interesse und das hätte ich wohl auch getan, ohne dass ich sie bespritzt hätte. Also, wenn sie wollen, jeder Zeit. Melden sie sich einfach kurz. Hier meine Karte." Sie reichte ihm eine Visitenkarte von einem kleinen Stapel auf ihrem Schreibtisch.

„Vielen Dank, das ist sehr nett von ihnen." Er kramte ebenfalls eine aus der Innentasche seiner Jacke und reichte sie ihr. Ich hab jetzt also schon einen Einladung bei ihr, die geht aber ran, dachte Hannes. Oder vielleicht ist es ihr doch nur peinlich?

„Was haben sie mir denn schönes mitgebracht?" sagte die Professorin, während sie Hannes Karte studierte.

Hannes nahm den Korb vom Boden und stellte ihn auf den Schreibtisch. „Hier ist das Fragment, Frau Professor Meyer-Seegrund." sagte er, indem er das in ein Tuch eingewickelte Artefakt auf den Tisch legte, „Und hier drin ist das Tongefäß."

„Lassen sie doch bitte das Frau Professor weg. Und seit kurzem bin ich zudem nur noch Frau Meyer. Herr Seegrund hat sich anderweitig orientiert. Ich muss aber noch alles ändern lassen. E-Mail, Visitenkarten und so weiter."

„Äh, ach so, äh ja, also Frau Meyer."

„Hübscher Kasten, war der dabei?"

„Ja in der Tat, das war er." Hannes öffnete den Deckel und nahm das Gefäß heraus. „Hier ist das gute Stück." Frau, ‚nur noch Meyer' lehnte sich über den Tisch, um die Keramik zu begutachten, dabei strich sie sich eine Strähne hinters Ohr. Sie lächelte, als ob sie angenehm berührt wäre. Dabei zeigten sich horizontale Lachfalten, die verrieten dass sie auch nicht mehr ganz taufrisch war. Wie alt sie wohl sein mochte, überlegte Hannes. Er beobachtete sie, wie sie um den Tisch herum ging, um die die Artefakte genauer zu betrachten.

„Ja", begann sie, nach einer eingehenden Inspektion, „das hier ist in der Tat ein Vorratsgefäß von einem Gomer Inhalt. Darin wurde alles Mögliche aufbewahrt. Diese Keramiken waren damals so etwas wie Tupper Ware in der heutigen Zeit." Hannes grinste. Frau Meyer nahm das

Fragment in die Hände und betrachtete es von allen Seiten. „Die Glyphen sind eingeritzt, das ist natürlich offensichtlich und war die gebräuchlichste, weil einfachste Art, um etwas schriftlich nieder zu legen. Seltsam ist, das sie mit etwas schwarzem, ist das Farbe?" Frau Meyer strich, während sie sprach, prüfend mit den Fingern über die gravierte Oberfläche des Steins, „ausgelegt sind. Wissen sie vielleicht etwas mehr über das Fragment?"

Hannes der ihr aufmerksam zugehört hatte, zuckte bei der Frage unmerklich zusammen, als sie ihn ansprach.

„Äh, nein ich kann ihnen leider überhaupt nichts zu den Gegenständen sagen, außerdem was in dem Brief meines Großonkels steht."

„Was ist das für ein Brief?"

„Bei den ganzen Sachen, die ich geerbt habe, war ein langer Brief, in dem mein Onkel von seinem Leben erzählt und unter anderem erklärt wie er an die Sachen gekommen ist. Ebenso hat er darin dargelegt, warum er ausgerechnet mich als Erben eingesetzt hat."

„Und wie ist er daran gekommen?"

„Das kann ich gar nicht so einfach sagen. Der Brief ist viel zu lang. Wenn sie mögen, können sie ihn aber gerne lesen. Wobei dafür werden sie sicher keine Zeit haben." fügte er etwas kleinlaut hinzu, da er das Gefühl hatte etwas zu schnell voran gepprescht zu sein. „Sie haben sicher besseres zu tun, als den Brief meines Onkels zu lesen. Entschuldigen sie bitte."

„Nein, nein, ich würde den Brief gerne einmal lesen, wenn es hilft die Herkunft der Artefakte aufzuklären."

„So interessant sind die Sachen eigentlich gar nicht. Es handelt sich lediglich um die Lebensgeschichte eines alten Seemannes. Was ich ihnen allerdings sagen kann ist, dass er sie aus Äthiopien hat und zwar vom letzten Kaiser, von Haile Selassie."

„Ok, das steht also in dem Brief? Halten sie das nicht für Seemannsgarn?"

Hannes fühlte sich ein wenig in seiner Seemannsehre gekränkt und dachte bei sich, was wissen sie denn schon von Seemannsgarn Frau Professor, sagte aber stattdessen „Lesen sie den Brief und machen sie sich ihr eigenes Bild. Ich bin selbst Seemann und halte den Brief für authentisch."

„Sie sind Seemann?" Frau Meyer nahm die Visitenkarte zur Hand, als wolle sie prüfen ob Hannes Aussage korrekt sei.

„Ich war besser gesagt Seemann. In einem früheren Leben. Wobei, im Herzen bleibt ein Seemann immer Seemann, egal ob er zur See fährt oder ob er an Land ist. Sobald er einmal für sich entschieden hat, das die Seefahrt seine Berufung ist." Um einer entsprechenden Frage der Professorin zuvor zu kommen fügte er hinzu, „Heute verwalte ich die Gebäude meines Konzerns und sorge dafür dass alles reibungslos funktioniert, das ist natürlich schon etwas anderes." Hannes spürte wie sie sein Magen zusammenkrampfte. Irgendwie war ihm das jetzt schon wieder peinlich. Sein Job war zwar ok, aber ursprünglich eher als Übergangslösung nach seiner Zeit bei der Marine gedacht. Er hatte neben Nautik auch BWL und ein paar Semester Physik studiert. Es hatte sich einfach so ergeben, dass er in diesen Beruf hineingerutscht war. Inzwischen machte er es schon seit 21 Jahren, also deutlich länger, als er zur See gefahren war. Trotzdem stimmte es, im Herzen war er Seemann geblieben. Seine Sehnsucht nach dem Meer und Schiffen war nie erloschen. Aber was war das eigentlich, ein Seemann, was zeichnete ihn aus? Für Hannes war es jedenfalls so, dass ein Seemann die Sehnsucht nach der Seefahrt hatte. Gepaart mit einer großen Portion Toleranz für alles was andersartig erschien, für andere Menschen und Kulturen. Und natürlich hatte jeder echte Seemann eine romantische Seele. Wenn immer er konnte half er Menschen die Hilfe brauchten, denn er wusste genau, ein Schiff kann man nur durch einen Sturm lenken, wenn jeder dem anderen hilft und wenn man Probleme gemeinsam angeht und löst. Und war das Leben nicht auch in gewisser Weise wie eine Seefahrt mit Stürmen und Flauten?

„Ja gut, vielleicht können sie den Brief nachher noch vorbei bringen? Ich bin spätestens um 21 Uhr zuhause. Oder ist ihnen das schon zu spät?"

„Nein, kein Problem, ich bringe ihnen den Brief nachher noch vorbei."

Die Professorin sah auf ihre Uhr. „Jetzt müssen wir aber noch schnell Proben entnehmen, um diese zu untersuchen."

„Was sind das für Untersuchungen, wenn ich fragen darf?"

„Nun, zum einen die Altersbestimmung, die mineralogische Bestimmung des Tons, die geologische Beschaffenheit des Steins, von der wir ableiten können wo dieser gebrochen wurde und so weiter" zählte Frau Meyer auf.

„Bitte bedienen sie sich." antwortete Hannes. Die Professorin nahm einige Petrischalen mit Deckel aus einem Schränkchen, welchem sie auch einen kleinen Hammer und ein Messer mit einer massiven, kurzen Klinge entnahm. Mit dem Hämmerchen schlug sie ein winziges Stück aus dem Stein, und mit dem Messer kratzte sie etwas Ton von der Innenseite des Deckels der Keramik. Beide Proben legte sie in eine der Schalen.

„Was ist mit dem Holzkasten? Es sieht aus, als wäre er aus goldplattiertem Holz. Wenn es ihnen Recht ist, entnehme ich diesem ebenfalls eine Probe."

„Geht in Ordnung." antwortete Hannes. Frau Meyer sah erneut auf ihre Armbanduhr.

„Oh schon so spät. Ich habe noch ein paar Studenten, die in die Sprechstunde kommen wollen."

Hannes nickte verstehend und sagte „Wir sind ja auch soweit fertig, oder?"

„Ja, stimmt, also, bis später dann. Die Hausnummer steht auf der Rückseite der Visitenkarte. Die Straße kennen sie ja bereits.", fügte sie mit einem Augenzwinkern hinzu. Sie streckte Hannes zum Abschied die Hand entgegen.

„Bis nachher dann Frau Meyer" sagte Hannes und dachte bei sich. Die Hausnummer kannte ich schon vorher.

Die laue Juni Luft fühlte sich angenehm an und es war noch immer taghell, als Hannes gegen 21 Uhr seine Wohnung verließ. Wenige Minuten später betrat er das Grundstück. Der Porsche parkte in der Einfahrt. Der Vorgarten machte einen gepflegten, wenn auch etwas lieblosen Eindruck. Ein melodischer Klingelton war zu hören, nachdem Hannes auf dem Knopf neben dem Namensschild an der Tür gedrückt hatte. Der Umstand dass ein Teil des Namens mit einem einfachen Klebeband abgeklebt war, entging seiner Aufmerksamkeit dabei nicht. Hannes ging mit einiger Sicherheit davon aus das es sich, um den zweiten Teil des Doppelnamens handelte. Schritte waren zu hören. Die Türe öffnete sich.

„Guten Abend Frau Meyer."

„Guten Abend Herr Thomsen, kommen sie doch bitte herein." Die Professorin trug ein einfaches, recht weit geschnittenes T-Shirt, eine dünne Leggins, welche ihre schlanken Beine gut zur Geltung brachte und war barfuß. Sie hatte es sich bequem gemacht. Sie querten eine kleine Eingangshalle, von der mehrere Räume abgingen, betraten das Wohnzimmer und gingen durch eine offen stehende Glastür hinaus, auf eine mit hölzernen Dielen ausgelegte Terrasse. Sie wies auf eine Sitzgruppe aus einem Korbgeflecht und bedeutete Hannes sich zu setzen. Die Abendsonne sendete warme Strahlen rötlichen Lichts und tauchte die Szenerie in eine behagliche Atmosphäre.

„Möchten sie etwas trinken? Ich habe gerade einen Wein aufgemacht." richtete sich Frau Meyer an ihren Gast.

„Ja gerne, warum nicht. Ich habe den Brief mitgebracht."

„Der hat ja tatsächlich einen recht ordentlichen Umfang", bekam Hannes zur Antwort. „Den lese ich dann später." Sie stelle vor Hannes ein Glas auf den Tisch und goss eine tief dunkelrote Flüssigkeit hinein. „Erzählen sie doch mal ein wenig von sich." Begann sie.

„Was meinen sie?"

„Nun ja, sie scheinen einer Familie von Seefahrern zu entstammen. Das finde ich sehr interessant."

„Interessant?" Hannes wusste gar nicht, was er dazu sagen sollte. „So interessant ist das doch gar nicht. Mein Großonkel und ich sind, die einzigen aus meiner Familie, die je zur See gefahren sind. Es gibt allerdings Vorfahren aus meiner mütterlichen Linie die in Masuren, an der dortigen Seenplatte Fischer waren. Richtige Seeleute waren das aber nicht, da es sich bei den Seen um reine Binnengewässer handelt."

Frau Meyer nickte. Sie hob ihr Glas und deutete ein zum Wohl an. „Wie kamen sie dazu, auf ein Schiff zu gehen? Und noch dazu, da sie aus dem Süden stammt?"

Hannes nippte am Glas. Es war von außen betrachtet eine behagliche Situation einerseits, andererseits fühlte Hannes sich im Moment in der Gegenwart einer solch schönen und eleganten Dame ein wenig fehl am Platze. Intellektuell betrachtet war es kein Problem für ihn, hatte er doch ebenfalls einen akademischen Hintergrund. Vielleicht war sein seltsam beklemmendes Bauchgefühl darin begründet, dass er sich seit einiger Zeit nicht mehr in der Gegenwart einer schönen Frau befunden hatte.

„Nun", begann er, „schon als kleiner Junge, ich glaube ich war gerade einmal acht Jahre alt, hatte ich das klare Ziel vor Augen zur See zu fahren. Ich stellte mir vor wie es sein würde auf einem Schiff mit vielen Freunden und Kameraden Abenteuer zu erleben."

„Und haben sie Abenteuer erlebt?"

„Wissen sie Frau Meyer, ein Abenteuer ist erst in der Retrospektive als solches zu erkennen. Wenn man mitten drin ist, realisiert man das gar nicht. Außerdem was ist schon ein Abenteuer? Meine Tochter empfindet manch eines ihrer Computerspiele als Abenteuer. Aber um ihre Frage zu beantworten. Ja, ich habe so manch eines erlebt und durchgestanden. Ich bin noch konventionellen Frachtschiffen zur See gefahren. Wir haben Häfen fernab von den großen Schifffahrtsruten angelaufen. Das war manchmal schon ein Abenteuer an sich. Heute gibt es fast nur noch Containerschiffe. Die Erfindung des Containers ist für die Entwicklung der Weltwirtschaft mit Sicherheit ein Meilenstein gewesen, hat den einfachen Seemann, der Frachtschiff fuhr, allerdings von einem Abenteurer zu einer Art Busfahrer gemacht."

„Das verstehe ich nicht, können sie das näher erläutern." Frau Meyer schob sich wieder eine Strähne ihres dunklen, roten Haares aus dem Gesicht und hinter das Ohr. Ihre Erscheinung wirkte aristokratisch auf ihn, ihre Bewegungen damenhaft, aber dennoch sportlich. Sie hatten sozusagen eine natürliche Eleganz. Wirkte Hannes neben ihr nicht etwas grob?

„Bei konventionellen Frachtern", Hannes sah ein gewisses Unverständnis auf dem Gesicht der Professorin, „also das sind Schiffe, die ihre Ladung mit bordeigenem Ladegeschirr als Stückgut laden. Es wird sozusagen jedes Stück einzeln, oder maximal auf Paletten an Bord gehievt. Eintausend Tonnen Kaffee in Säcken wurden in einer Woche entladen, manchmal dauerte es auch länger. Heute, wenn alles in Containern verstaut ist, dann sind nur noch ein paar wenige Stunden dafür nötig. So reduzierte die Einführung des Containers die Liegezeit eines Schiffes erheblich. Und das hat zur Folge, dass der Seemann eigentlich nur noch ein paar Stunden in einem Hafen ist. Meist sind die Container Terminals weit außerhalb der Städte. Der Weg ist oft so weit, dass es sich nicht mehr lohnt eine Stadt zu besuchen. Man bleibt an Bord und sieht außer den Terminals nichts mehr. So fährt man heute von einem Hafen zum nächsten, ohne von Bord zu gehen. Wie ein Busfahrer eben."

„Bei ihnen war das anders?"

„Ja, das war es. In bin wie bereits erwähnt, auf Stückgutfrachtern gefahren. Auf den letzten ihrer Art, die unter deutscher Flagge fuhren."

„Möchten sie noch etwas Wein?"

„Aber nur noch ein klein wenig, sonst bin ich am Ende noch beschwipst."

„Wäre das so schlimm, sie müssen doch nicht mehr fahren. Und bis zu ihnen ist es auch nicht weit. Der Abend ist zu schön, oder nicht?" Die Sonne stand inzwischen sehr tief. Ihre Haare schimmerten und reflektierten das Licht. „Würden sie mir denn eines ihrer Abenteuer erzählen?"

„Wenn sie möchten, gerne. Einmal, wir lagen im Hafen von Markasa, das ist auf der Insel Celebes in Indonesien, ich war gerade mal siebzehn Jahre alt, da haben wir Schiffsjungen gemeinsam eine Tour durch den Dschungel, ins Bantimrurung, das ist das Tal der Schmetterlinge, gemacht. Dort gibt Schmetterlinge deren Flügel so groß sind, wie meine Handteller und die Pflanze mit der größten Blüten der Welt, deren Kelche bis zu einem Meter Durchmesser haben. Wir sind an einem Fluss entlang, durch das Tal gegangen, mitten durch den Urwald. Oft mussten wir Strecken schwimmend im Fluss zurücklegen, da im Unterholz kein Durchkommen mehr war. Wir haben uns dabei riesige Blutegel eingefangen." Gebannt hörte sie ihm zu. Offensichtlich mochte sie diese Art von Geschichten. Es entspann sich eine angeregte Unterhaltung. Zuerst erzählte er von seiner Zeit bei der Handelsschifffahrt und später von der Bundesmarine, wo er zum Marinetaucher ausgebildet wurde. Und so blieb es doch nicht, bei dem einen letzten Schluck Wein. Es vergingen einige Stunden. Inzwischen war es dunkel geworden und der Schein einiger Kerzen warf tanzende Schatten an die Wände.

„Wollen wir uns nicht duzen?" fragte Frau Meyer nach einiger Zeit.

„Nun ja, warum eigentlich nicht?"

„Fein." Sie schien sich regelrecht zu freuen, erhob ihr Glas und sagte „Gudrun".

Er tat es ihr gleich. „Hannes".

„Schön dich kennen zu lernen. Ich finde du bist ein interessanter Mann. Ich mag Menschen die unternehmungs- und abenteuerlustig sind. Ich bin auch so gestrickt." Sie begann von ihren Expeditionen und Ausgrabungen zu erzählen und jetzt war es Hannes, der gebannt an diesen wundervoll geschwungenen, glänzenden Lippen hing. Er stellte sich vor, wie sie in der Wüste Ägyptens Ausgrabungen leitete, oder nachts im Zelt lag. Er schüttelte den Gedanken ab, bevor er ihn zu Ende gedacht hatte. Hannes sah auf die Uhr.

„So langsam wird es Zeit für mich." Es war bereits nach Mitternacht.

„Schade", sagte sie und blickte ihn an. Hannes meinte ein Leuchten in ihren Augen zu sehen, wendete seinen Blick aber ab, da er Angst hatte sich in ihrem zu verlieren. „es war ein schöner Abend, vielen Dank dafür. Das sollten wir bald einmal wiederholen."

„Das wäre schön."

„Was meinst du, vielleicht wenn die Ergebnisse der Untersuchungen vorliegen. Ich melde mich dann bei dir?"

Kapitel 11

Mann, war das heute wieder mal ein Tag dachte Hannes. Er war auf dem Weg von der Arbeit nach Hause. Wie so oft hatte er sich wieder einmal über einige seiner Kollegen geärgert, die glaubten die Firma sei ein Selbstbedienungsladen, in dem alles, was man sich in Bezug auf die Arbeitsumgebung wünscht, sofort und in allen nur erdenklichen Varianten zur Verfügung gestellt wird. War ja nicht ihr Geld, sondern das der Firma und als solches nicht greifbar. Im Grunde kannte er das alles schon und es richtete sich auch nie gegen ihn persönlich, doch war er über die vielen Jahre hinweg dünnhäutiger geworden. Bescheidenheit war keine Tugend mehr, sondern eher ein Makel dachte Hannes, als es klingelte. Auf dem Display des Autotelefons stand ‚Zuhause.' Er nahm das Gespräch an.

„Hallo Paps, wo bist du denn?" Julias Stimme klang etwas gereizt.

„Auf dem Weg nach Hause, gleich da. Warum fragst du? Ist was passiert?"

„Ne, es ist nichts passiert, aber du hast Besuch."

„Besuch? Wer ist es denn?"

„Kenn ich nicht."

„Und wie heißt er?"

„Wer?"

„Na, der Besuch?"

„Der Besuch ist eine Sie."

„OK, na schön und wie heißt, sie? Mensch jetzt lasse dir doch nicht alle Würmer einzeln aus der Nase ziehen."

„Sie, sagt, sie sei diejenige, die für dich die Artefakte untersucht hat."

Hannes lief ein seltsamer Schauer den Rücken hinunter. Oh je, dachte er, Gudrun. Hatte er aufgeräumt? „OK", begann er „hast und ihr was zu trinken angeboten oder so?"

„Ne. Oder so hab ich nicht, das andere aber schon. Wie lange brauchst du denn noch?"

„Bin gleich da, noch fünf Minuten."

Genau nach Ablauf der angegeben Zeit drehte Hannes den Schlüssel im Schloss der Wohnungstür.

Julia und Gudrun saßen auf dem Sofa und waren sichtlich in eine Unterhaltung vertieft, denn sie hatten ganz offensichtlich nicht bemerkt das Hannes die Wohnung betreten hatte.

„Stimmt", sagte Julia gerade „unsere Wohnung, oder besser gesagt alle Räume vom Bad und der Küche einmal abgesehen und meinem Zimmer natürlich, sieht wie ein Marinemuseum aus. Überall Dinge die Paps von seinen Seeriesen mitgebracht hat, die ganzen Schiffsmodelle überall und die vielen Bücher über Schiffe Seefahrt und Marine." Julia zog eine vielsagende Grimasse.

„Und die vielen maritimen Gemälde nicht zu vergessen." ergänzte Gudrun.

„Genau". Julia lächelte „Und dann erbt er noch ein Schiff und diese alten Sachen von seinem Großonkel. Kaum zu glauben was?"

„Aber das passt doch", meinte Gudrun. „So wie ich den Brief verstanden habe, hat der Großonkel ihrem Vater genau deshalb, weil er Seemann ist, die Sachen vermacht."

„Guten Abend die Damen", mischt sich nun Hannes ein.

„Hallo Paps, seit wann stehst du denn schon da?"

„Lang genug." Hannes warf seiner Tochter einen strengen Blick zu." Und an seinen Gast gewandt fuhr er fort. „Hallo Gudrun. Wie ich sehe habt ihr euch schon bekannt gemacht?"

„Ja das haben wir. Eine schöne Wohnung habt ihr."

So, so, ist es nicht eher das Museum eines kauzigen Ex Seemanns? dachte Hannes, sagte aber. „Schön dass es dir gefällt. Ist halt ein wenig speziell mit dem ganzen Kram hier." Mit einer ausladende Geste deutete er auf die Dinge in seiner Wohnung."

„Es zeigt eben deine Passion. Mir gefällt es." Gudrun lächelte.

„OK". sagte Hannes, räusperte sich unsicher und fuhr fort. „Wie dem auch sei, magst du etwas trinken? Wir könnten uns auf den Balkon setzen."

„Ja gerne, was hast du denn?"

„Einen Wein?"

„Ja gerne."

Hannes war etwas erstaunt darüber, das Julia ungefragt aufstand und in die Küche ging, die kurz darauf mit einem Tablett, drei Gläsern und einer flache Rotwein zurück kam.

Man ging auf den Balkon hinaus.

„Einen schönen Ausblick, habt ihr von hier oben, nicht schlecht."

Hannes dachte, dass es sich wohl nur um einen Akt der Höflichkeit handelte und sagte. „Na ja, ist ganz nett. Setze dich doch."

Julia setzte sich dazu und Hannes verteilte das Getränk.

„Ich dachte, ich komme vorbei und bringe dir die Ergebnisse der Untersuchungen der Proben, die ich genommen habe. Außerdem war ich neugierig, wie du lebst." Julia grinste verschmitzt und machte ein wissendes Gesicht.

„Und was haben ihre Untersuchungen ergeben, wollte Julia wissen?"

„Ich bin Gudrun, auf das Sie können wir verzichten."

„Ich bin Julia. Paps hat erzählt du bist Professorin für Archäologie an der Uni? Ich studiere Bio und Geschichte."

„Ja, das ist richtig. Und eine Verbindung zur Biologie hat unsere Fachrichtung auch. Wenn es um Paläontologie oder besser gesagt um Paläobiologie geht, arbeiten wir mit dem Biologischen Institut interdisziplinär zusammen."

„ Das ist ja interessant. Kennst du einen David Lewald?"

„Ja, ich glaube schon. Ist er nicht Doktorand und schreibt über Phylogenetik?"

Noch bevor Julia antworten konnte, fragte Hannes dazwischen „Phylowas"?

„Phylogenetik Paps, ist eine Fachrichtung der Bioinformatik und beschäftigt sich mit der Erforschung von Abstammungen. Man verwendet heutzutage Algorithmen zur Bestimmung von Verwandtschaftsgraden zwischen verschieden Arten oder zwischen Individuen einer Art aus DNA- Sequenzen, die man zuvor aus einer entsprechenden Sequenzierung ermittelt wurden."

„Jetzt bin ich beeindruckt." sagte Hannes anerkennend.

„Ja mein lieber Vater, wir lernen eben etwas in der Universität."

„Das hoffe ich doch." sagte Gudrun und lachte. „Weshalb fragst du Nach Herrn Lewald?"

„Er hat uns auch geholfen. In der Keramik waren Rückstände einer Substanz, die er untersucht hat."

„Das ist ja prima, sagte Gudrun. Das hilft uns vielleicht. Was hat er denn herausgefunden?"

„Davi sagte es handele sich um die Rückstände des Pflanzensaftes einer Tamarisken Art. Das ist ein Baum der in Arabien wächst. Und es waren ebenfalls Samen dieses Baumes und Teile von Blattläusen die ebenfalls auf dem Baum gelebt haben in den Rückständen."

„Das passt ja dann genau, zu dem was wir herausgefunden haben."

„Und was habt ihr nun raus gefunden?"

„Gut, dann berichte ich mal der Reihe nach. Das Holz des Kastens ist deutlich jünger, als dessen Inhalt. Es handelt sich um Akazienholz. Wir konnten feststellen, dass es etwa 2000 Jahre alt ist. Ich vermute der Kasten wurde speziell zur Aufnahme der Keramik gebaut. Der Boden ist so ausgearbeitet, dass er die Rundungen des Gefäßes perfekt aufnimmt. Somit konnte dieses nicht im dem Kasten hin und her rutschen. Die Herkunft des Holzes haben wir noch nicht bestimmt."

„Vielleicht könnte ich ja Davi noch mal fragen." wendete Julia ein.

„Gute Idee." antwortete Gudrun. „Das Gold wurde erst etwa im achten Jahrhundert nach Christus aufgebracht und stammt höchstwahrscheinlich aus West Äthiopien. Dort gibt es heute eine aktive Goldmine die Tulu-Kapi heißt. Vielleicht stammt das Gold von dort. Ich habe mit dem Leiter der Mine gemailt, damit er mir hilft zu bestimmen, ob das Gold aus dieser Mine stammen könnte.

„Das ist ja irre. Das man so etwas bestimmen kann." Hannes war fasziniert.

„Viel interessanter ist die Keramik selbst. Ich nehme einmal an, sie war so schützenswert, für wen auch immer, dass der Kasten speziell dafür gebaut wurde. Es könnte sich durchaus, um einen kultischen Gegenstand handeln."

„Um welchen Kult handelt es sich?" wollte Hannes wissen.

„Aus der Keramik alleine, kann ich das nicht schließen. Bei der Mineralogie jedenfalls kam heraus, dass es sich bei dem Werkstoff aus dem der Topf hergestellt ist, um sogenannten Mergelton D handelt." Gudrun sah Hannes an und konnte sehen, dass er auf weitere Erklärungen wartete, da er offensichtlich mit den bisherigen nicht allzu viel anfangen konnte. „Die Klassifizierung des Tons wurde nach dem Wiener System vorgenommen. Dieses wurde, wie ihr euch sicher denken könnt, von einigen namhaften Archäologen und Ägyptologen 1980, eben in Wien entwickelt. Man hat dabei grob gesagt festgestellt wie Ton, von dem man wusste woher und aus welcher Epoche er stammte, beschaffen war. Welche mineralischen Einschlüsse oder Beimengungen er hatte. Man bestimmte wie viele Partikel Sand, Kalkstein oder Glimmer in der Paste mit der getöpfert wurde enthalten war, verglich sie miteinander und schaffte so ein Klassifizierungssystem. Der Mergelton, auch Wüstenton genannt, taucht entlang des Niltals zwischen Esna und Kairo, in den Oasen und an den Deltarändern auf. Es handelt sich um ein gelblich-weißes Gestein, das in Kalkstein eingelagert ist. Die Ablagerungsschichten sind im Pleistozän entstanden, als urzeitliche Wassermassen vom Nil und seinen Nebenflüssen diesen Ton an den jetzigen Wüstenrand herunter schwemmten. Mergelton bezeichnet eine Reihe, schon von der Grundsubstanz nach, ganz verschiedenen Tonarten. Als Gemeinsamkeit weisen sie einen geringeren Anteil an Silicium und einen bedeutend höheren Gehalt an Calcium auf. Davon leitet sich dann eben auch der Name ab. Mergel heißt so viel wie Kalk und Ton. Darüber hinaus habe ich, als komplementäres System zur Klassifikation petrografische Analysen durchgeführt.

Dabei bestimmt man anhand, von mit dem Auge oder Mikroskop sichtbaren Merkmalen die Tonart. Diese Technik untersucht dünne Abschnitte der Keramik oder extrahierter mineralischer Einschlüsse, wodurch weitere Erkenntnisse wie Herkunft des Tons, oder die ursprüngliche Brenntemperatur gewonnen werden können. Es lässt sich entscheiden, ob Einschlüsse natürlich vorkommen oder zusätzlich als Magerung versetzt wurden. Somit ließ sich feststellen, dass der Ton aus Unterägypten stammte, genauer gesagt, vom östlichen Nildelta und aller Wahrscheinlichkeit auch dort verarbeitet wurde. Das Alter der Keramikstellt natürlich keine Überraschung dar. Es passt mit dem Dekorationsstil zusammen. Sie ist daher in die 18. Dynastie einzuordnen und somit ebenfalls 3500 Jahre alt."

„So weit so gut. Die Sache stammen also alle aus Unterägypten und sind Dreieinhalbtausend Jahre alt."

„Und es sind höchstwahrscheinlich Kultgegenstände." ergänzte Julia. Die Gläser waren inzwischen leer. Hannes nahm die Flasche zur Hand. „Noch etwas Wein? Und wollt ihr eventuell auch was essen?"

„Eventuell? Paps ich verhungere fast."

„Hm, und was machen wir jetzt?" fragte Hannes.

„Du gehst vielleicht in die Küche und machst etwas?" antwortete Julia.

„Wie wäre es, wenn du in die Küche gehst und ich mich um meinen Gast kümmere?"

„Das halte ich für keine gute Idee. So gut koche ich nicht und außerdem bist du derjenige, der für meine Ernährung zu sorgen hat."

Hannes machte ein resigniertes Gesicht und sagte an Gudrun gewandt. „Siehst du wie es mir ergeht? Womit habe ich das nur verdient." Er drehte sich zu Julia und fuhr fort. „Du kannst Brot aufschneiden und Wurst und Käse auf einen Teller legen. Dann bringst du alles hier auf den Balkon und alles ist gut. Bekommst du das hin?"

„Du bist kein besonderer Gastgeber. Bietest Gudrun nur meine drittklassigen Leistungen an, also wirklich." Julia konnte ein Lachen kaum mehr unterdrücken.

Gudrun stellte ihr Glas auf den Tisch und meinte lächelnd. „Wenn wir das alle zusammen machen, sind wir schneller fertig und niemand muss ein schlechtes Gewissen haben."

„Ich habe aber gar kein schlechtes Gewissen." kam Julias Antwort ziemlich prompt und sie lachte dabei.

„Sehr weise Frau Professor und du junges Fräulein hast nicht nur kein schlechtes, sondern gar kein Gewissen."

„Paps, was soll unser Gast nur von dir denken, wenn du so etwas sagst."

„Ich nehme an, so weise wie Gudrun ist, wird sie die richtigen Schlüsse ziehen."

Inzwischen hatten sie die Küche erreicht. „Soll ich ein paar Eier in die Pfanne hauen? Rühreier."

Julia nickte heftig. „Paps´ns Rühreier sind die besten der Welt. Du wirst sie lieben, einfach göttlich."

„Übertreibst du jetzt nicht ein bisschen, Schleimer." wendete Hannes mit einem Augenzwinkern ein.

„Ein bisschen vielleicht, aber nur ein ganz klein bisschen. Er macht irgendetwas in die Eier die ihnen einen ganz besonderen Geschmack geben, einfach göttlich."

„So wird man, wie du siehst liebe Gudrun, von jemandem der seine Tochter fast verhungern lässt, zu einem göttlichen Koch."

„Bei euch ist es wirklich witzig." Gudrun schien sich sichtlich wohl zu fühlen.

Wenig später saßen sie wieder auf dem Balkon und ließen sich ihr Abendbrot schmecken.

„Hast du auch Kinder?" wollte Julia von Gudrun nach einiger Zeit wissen.

„Ja, hab ich." Hannes glaubte zu sehen dass sich ein Schatten über Gudruns Gesicht gelegt hatte. „Er lebt aber seit ein paar Jahren nicht mehr hier."

„Du hast also einen Sohn? Und er lebt wo?" wollte Julia wissen.

„Er lebt in der Nähe von Hannover bei seinem Vater. Um es gleich vorweg zu nehmen, wir sind seit zweieinhalb Jahren getrennt und seit kurzem geschieden, also genauer gesagt, seit wenigen Tagen."

„Und was macht er so?"

„Er studiert Geologie."

Hannes, der gemerkt hatte dass Gudrun das Ganze etwas zu schaffen machte, wechselte das Thema.

„Apropos Geologie, hast du noch etwas über den Stein herausgefunden?"

Gudrun hatte sich gerade eine Gabel in den Mund geschoben und beeilte sich nun schnell zu kauen und zu schlucken. „Ja, in der Tat, das habe ich. Der Stein stammt geologisch von einer Formation auf der Sinai Halbinsel und lässt sich genauer auf ein Gebiet im Süden der Halbinsel eingrenzen. Es gibt dort mehrere geologisch sehr ähnliche Gebiete im Sinai Gebirge. Am wahrscheinlichsten stammt der Stein entweder vom Gabal Mousa oder von einem anderen Berg nur wenige Kilometer südwestlich der Dschabal Katrina heißt. Dieser letzte ist mit etwas mehr als 2600 Metern der höchste Berg der Halbinsel."

„Aber das ist ja doch eine ganz andere Ecke, als der Unterlauf des Nil." meinte Hannes.

„Eigentlich ist das gar nicht so weit weg und gehörte auch in der Antike zu Ägypten."

Julia wendete ein wenig enttäuscht ein „Schade, ich hatte gehofft, das die Sachen einem echten Pharao gehört haben könnte."

„Das lässt sich heute natürlich nicht mehr mit Sicherheit feststellen." sagte Gudrun, lächelte Julia an und fügt hinzu „Ausschließen lässt es sich aber auch nicht."

„Was wissen jetzt eigentlich, fassen wir das doch mal zusammen.", meinte Hannes. „Alle Artefakte sind etwa

3500 Jahre alt. Der Ton, aus der die Keramik hergestellt wurde stammt vom Ostufer des Nildelta. Die Bemalung des Topfes weist auf die 18. Dynastie des antiken Ägypten hin. Das Fragment besteht aus einem Stein, der von einem Berg des Sinai Gebirges stammt. Was noch?"

Julia ergänzte „Wir haben dann noch den Bodensatz aus der Keramik. Pflanzensaft der zum Süßen verwendet wurde, Samen von dem entsprechenden Baum und Blattläuse die auf dem Baum gelebt haben. Und schlussendlich der Holzstock, der aussieht wie ein Wanderstab und aus Mandelholz ist."

„Tja, und jetzt? Was machen wir nun mit unseren Erkenntnissen?" sagte Hannes nachdenklich. „Auf jeden Fall", setze er nach einem Moment des Schweigens an. „möchte ich euch danken. Dir Julia, weil du die Kontakte an der Uni genutzt hast und dies zu den Ergebnissen geführt hat, die ich eben zusammengefasst habe. Und dir liebe Gudrun, weil du mich so großartig unterstützt hast."

„Du hast da aber noch was vergessen, lieber Paps." sagte Julia mit hochgezogenen Augenbrauen.

Gudrun und Hannes sahen sie fragen an. „Na, ohne mich hättest du Gudrun nicht kennen gelernt."

„Das, mein liebes Töchterlein, ist allerdings richtig. Somit erhebe ich mein Glas auf zwei besondere Damen, die ich das Glück habe kennen zu dürfen." sagte Hannes theatralisch.

„Lieber Hannes, liebe Julia, es ist mir eine Freude, dass ich euch kennen gelernt habe. Und ich hoffe wir können unsere Bekanntschaft ein wenig vertiefen. Am Samstag gebe ich eine kleine Grillparty bei mir zu Hause. Es kommen einige Freunde, Kollegen und Studenten. Ich würde mich sehr freuen, wenn ihr auch kommen würdet.

„Ja gerne" meinte Julia. „Paps und ich kommen gerne."

„Das stimmt. Wobei ich schon gerne für mich selbst entschieden hätte."

„Komm schon Paps, tu nicht so, sonst würdest du doch nur zuhause herumsitzen." Hannes verdrehte die Augen. „Danke liebe Tochter, was muss Gudrun jetzt für einen Eindruck von mir haben?"

„Mache dir keine Gedanken, ich hocke auch meist alleine zuhause herum. Das ist nichts Verwerfliches."

„Na gut." Hannes grinste. „Um noch mal auf die Erbstücke zurück zu kommen", wechselte Hannes das Thema. „was machen wir denn jetzt damit Gudrun?"

„Wir haben noch einen weiteren Anhaltspunkt, den wir noch überhaupt nicht betrachtet haben."

„Du meinst sicher den letzten Besitzer vor meinem Großonkel, die Kaiser von Äthiopien."

„Ich denke wir müssen in diese Richtung weiter recherchieren. Wenn es sich wirklich um wichtige Gegenstände aus dem Umfeld des Kaiserhauses handelt, dann lässt sich da eventuell etwas herausfinden."

„OK, dann werde ich mal sehen, was sich darüber herausfinden lässt." meinte Hannes.

Kapitel 12

Zwei Tage später saß Hannes gegen 11 Uhr am Vormittag in seinem Büro und kämpfte mit leichter Müdigkeit und Kopfschmerzen. Es war stark bewölkt und drückend heiß. Sein Telefon klingelte und er nahm ab. Wie üblich, meldete er sich mit einer eingeübt wirkende Standardbegrüßung.

Als sein Gesprächspartner seinen Namen nannte, wurde seine Stimme weicher und der förmliche Tonfall verschwand. „Hallo Gudrun, das ist aber eine schöne Überraschung deine Stimme zu hören."

„Hallo Hannes, ich dachte mir, ich melde mich mal kurz. Hast du schon etwas herausbekommen, ich meine zu Haile Selassie?"

„Oh, äh nein, leider noch nicht. Ich hatte bisher noch keinen richtigen Antrieb. Gestern war das Wetter so schön, viel besser als heute und da bin ich nach Feierabend auf meinem Boot ein wenig segeln gewesen."

„Oh wie schön. War das auf dem Boot auf dem Foto in deinem Wohnzimmer?"

„Ja genau, auf dem."

„Und wo segelst du da so?"

„Ich habe das Boot am Schluchsee liegen."

„Das würde ich auch gerne einmal machen. Wir haben früher öfter ein Boot gechartert und sind im Mittelmeer gesegelt. Einen Segelschein habe ich auch."

„Wenn du magst, können wir das gerne mal an einem Wochenende machen."

„Ja, das wäre super. Aber deshalb habe ich ja gar nicht angerufen. Ich habe einem meiner Studenten gebeten, mir ein kurzes Essay über den Kaiser zusammenzustellen. Er hat das prompt erledigt. Wenn du Zeit hast können wir es durch gehen. Oder gehst du wieder segeln?"

Früher war Hannes bei jeder Gelegenheit auf seinem Boot gewesen. Schlechtes Wetter gab es nicht. Doch mit der Zeit war er bequem und zu einem schön Wetter Segler geworden. Daher hatte er heute nicht vor gehabt, in den Schwarzwald zu fahren. „Heute nicht, irgendwie keine Lust."

„Also hast du Zeit?"

„Ja, eigentlich schon."

„Kommst du dann heute Abend bei mir vorbei? Sagen wir um sieben oder halb acht?"

„OK, halb acht ist gut." Dann hatte er noch ausreichend Zeit, um zu duschen, dachte er.

„Was hat dein Student denn recherchiert?" wollte Hannes wissen, als er einige Stunden später bei Gudrun an einem großen Esstisch saß. Dieser befand sich in einem recht großen Wohn-Essbereiches welcher, so fand Hannes, sehr geschmackvoll eingerichtet war. Alles wirkte neu, war elegant und in hellen, freundlichen Farben gehalten.

Gudrun hatte etwas zum Knabbern und Gläser auf den Tisch gestellt. Je ein Schnellhefter für jeden lag ebenfalls darauf.

„Ich habe meinen Studenten angewiesen, die Recherche im Lichte möglicher Kulte, die auf die Artefakte hindeuten könnten zu untersuchen. Wenn man den Brief deines Großonkels zu Grunde legt, treten zwei Besonderheiten zu Tage. Zum einen muss man die Geschichte der Familie des Kaisers betrachten und zum anderen die Verbindung die nach Jamaika besteht."

„OK, hat dein Student den etwas herausgefunden?"

Gudrun nickte. „Was magst du trinken?"

„Ein Bier vielleicht?"

„Das ist eine kein Problem, ich habe ein Rothaus Pils?"

„Prima, mein Lieblingsbier."

„Wenn du magst erzähle ich dir, was zusammengefasst in der Ausarbeitung steht."

Jetzt nickte Hannes.

„Es gibt ein äthiopisches Nationalepos, dessen Titel auf Deutsch so viel wie Vom Ruhm der Könige bedeutet. Demnach war die aus der Bibel bekannte Königin von Saba eine gebürtige Äthiopierin. Sie hieß Makeda, war schwarz, sehr schön und reich, und sie suchte nach Weisheit. Als sie vom Ruhme Salomos hörte, zog sie nach Jerusalem und fand bei dem israelitischen König, was sie begehrte, Weisheit. Daraufhin nahm sie den jüdischen Glauben an, doch nicht nur das. Sie erlag auch der trickreichen Verführung Salomos und kehrte schwanger nach Äthiopien heim. Dort gebar sie einen Knaben, den sie Menelik nannte. Als dieser herangewachsen war, reiste er nach Jerusalem, um seinen Vater kennenzulernen. Salomo war hocherfreut über seinen prachtvollen Sohn, beschwor ihn, bei ihm zu bleiben und König von Israel zu werden. Menelik lehnte ab. Er wollte nach Aksum zurückkehren, um dort zu herrschen. Salomo, der in seiner Weisheit nicht ohne Berechnung war, salbte ihn vor der Abreise nach jüdischem Ritual zum König von Äthiopien. Um seinen Einfluss in diesem Land zu sichern, schickte Salomo die Söhne seiner höchsten Priester und Beamten mit Menelik an den Hof nach Aksum. Als engste Berater des Königs sollten sie für die Judaisierung des Reiches sorgen. Nun waren die jungen Leute in Jerusalem aber dem Dienst an der Bundeslade verpflichtet, die die göttlichen Gesetzestafeln enthielt. Da sie sich dieser heiligen Aufgabe nicht entziehen wollten, entführten sie die Gesetzeslade mit Hilfe eines Engels aus dem Tempel und brachten sie nach Aksum in Äthiopien, wo sie bis heute liegen soll. Menelik wurde König und Stammvater der äthiopischen Herrscher, deren salomonische Linie mit einer Unterbrechung bis zu Haile Selassie die Macht innehatte. Soweit das Epos.

Ein Mythos? Gewiss, aber doch weit mehr als das. Die Herkunft der äthiopischen Regenten vom Stamme Juda und der Königin von Saba war im Kaiserreich nicht nur durch deren Titel als offizielle Wahrheit beglaubigt. Haile Selassie hat sie auch in der 1955 erneuerten Staatsverfassung ausdrücklich verankert. Ihre Gültigkeit endete erst mit seinem Sturz.

Im Bewusstsein der Christen, die in der äthiopischen Bevölkerung dominieren, ist diese Überlieferung allerdings bis heute lebendig. In ihren Vorstellungen, ihren Gottesdiensten, spielt die Bundeslade mit den mosaischen Gesetzestafeln nach wie vor eine zentrale Rolle. Glaubt man äthiopischen Priestern, so befindet sich das Original in der Kathedrale Maria Zion in Aksum. Nachprüfbar ist das freilich nicht, denn niemand außer einem ständigen Wächter darf das Heiligtum sehen. Es gibt jedoch in allen anderen Kirchen Äthiopiens Nachbildungen, die Tabots genannt werden. Tabot bedeutet Tafel. An hohen Festtagen, etwa am Timkat-Fest, werden diese Tabots in der Öffentlichkeit gezeigt. Allerdings sind die Gesetzestafeln mit kostbaren Tüchern aus Gold- und Silberbrokat verhüllt. Man sieht also nur die Umrisse der beiden Tafeln, die aus Holz oder aus Stein sein sollen."

„Moment mal" unterbrach Hannes die Professorin. „Habe ich dich jetzt richtig verstanden? Die Moasischen Gesetzestafeln, die Tafeln mit den zehn Geboten? Also die zehn Gebote? Und du glaubst das die beiden Tafeln im Wrack der Little Rosi die zehn Gebote sind?"

„Das habe ich nicht gesagt. Ich sagte dass es so im Äthiopischen Nationalepos steht und dass diese Legende in der christlichen Kirche Äthiopiens verankert ist.

Dass das Timkat-Fest aus dem Alten Testament übernommen und seit Salomo über dreitausend Jahre hin überliefert wurde, ist wenig wahrscheinlich. Wenn man die Daten und Fakten der Geschichte wie eine Folie über die Legende stülpt, so zeigt sich, dass es da schon zeitlich keinerlei Übereinstimmung gibt. Salomo regierte von 963 bis 925 vor Christus. Das äthiopische Reich Aksum wurde aber erst um die Mitte des ersten Jahrhunderts nach Christus gegründet. Die israelitische Bundeslade mit den von Moses beschrifteten Gesetzestafeln blieb in Jerusalem im Tempel, bis ihn die Babylonier 586 vor Christus zerstörten. Aus dem historischen Hintergrund allerdings wird verständlich, wie und warum solche Legenden überhaupt entstanden sind.

Für die Geschichte Äthiopiens war entscheidend, dass die Kultur des Kernlandes sich nicht auf afrikanischen, sondern auf südarabischen Fundamenten entwickelte, auf solchen des Reiches Saba also. Von dort kamen seit dem sechsten Jahrhundert vor Chritus Einwanderer über das Rote Meer, die sich als Bauern in Äthiopien niederließen. Aus der Vermischung der Sabäer mit einheimischen Afrikanern gingen die Amharen und Tigray hervor. Sie gründeten im ersten Jahrhundert nach Christus das Reich Aksum und bekannten sich 300 Jahre später zum Christentum. Im zehnten Jahrhundert übernahmen dann jüdische Eroberer die Herrschaft. Da mussten sich die Christen an jüdische Glaubensvorstellungen und Rituale gewöhnen, ob sie das wollten oder nicht. Allerdings haben sie mit ihrer Kultur auch die Siegermacht unterwandert. Dadurch ergaben sich Überschneidungen zwischen beiden Glaubensgemeinschaften, die ihre dauerhaften Spuren hinterließen."

„Also ist das ganze nur eine erfundene Geschichte der Kirchenoberen, so ähnlich wie bei dem Grabtuch Christi in Turin?"

„Eventuell."

„Was meinst du mit eventuell, könnte es denn auch anders sein?" wollte Hannes wissen.

„Nun, die Bundeslade gehört zu den bekanntesten Reliquien des Juden- und Christentums. Laut Bibel wurden in der Truhe die zwei Steintafeln mit den zehn Geboten aufbewahrt, die Moses von Gott auf dem Berg Sinai empfangen hat. Auch der grünende Stab seines Bruders Aaron und die sagenhafte Speise Manna soll in der Bundeslade aufbewahrt worden sein. Bis heute gilt die Bundeslade als das Symbol für den Bund Gottes mit dem Volke Israels. Laut Überlieferung soll die Bundeslade eine vergoldete Truhe aus Akazienholz gewesen sein. Für den Transport war sie mit zwei Tragebalken versehen. Auf dem Deckel thronten zwei Cherubim, Mischwesen mit Tierleib und Menschengesicht, die ihre Flügel schützend über die Lade ausbreiteten. Sogar die Maße sind überliefert: Laut Bibel war die heilige Truhe 140 Zentimeter lang, sowie 80 Zentimeter hoch und breit. Spätestens seit Steven Spielbergs ‚Indiana Jones - Jäger des verlorenen Schatzes' hat die breite Öffentlichkeit auch ein Bild der Bundeslade vor Augen."

„Entschuldige bitte, aber das ist eine erfundene Abenteuergeschichte aller Hollywood und genauso unsinnig wie diese."

„Nicht ganz, denn nach dem Alten Testament ließ Salomo, der dritte König Israels, die Bundeslade nach Jerusalem bringen. Dort wurde sie im ersten Tempel von Jerusalem, der auch der Tempel Salomons genannt wird, zusammen mit seinen anderen Reichtümern und bis zur Zerstörung des Tempels durch die Babylonier im 6. Jahrhundert vor Christus unter Nebukadnezar dem Zweiten aufbewahrt. Die Schätze wurden entweder von den Babyloniern abtransportiert oder zerstört. Hier verliert sich die Spur der Bundeslade. Sie gilt seitdem als verschollen."

„Und du meinst, wir haben sie jetzt wieder gefunden? Das gibt es doch nur in billigen Romanen."

„Warte mal", sagte Gudrun. „immer langsam. Wie gesagt, ich habe nichts dergleichen behauptet. Über 2000 Jahre wurde nach der Bundeslade gesucht, bisher ohne Erfolg. Seit ihrem Verschwinden ranken sich Legenden und Mythen über ihren Verbleib. Auch Zweifel an ihrer Existenz wurden geschürt. Es gibt aber einige interessante Anhaltspunkte. Für großes Aufsehen sorgte 2009 ein Statement des Patriarchen Abuna Pauolos, der höchsten Autorität der Kirche von Äthiopien. Nach einer Audienz bei Papst Benedikt XVI. antwortete er bei einem Interview für die Zeitung Die Welt auf die Frage über den Verbleib der Bundeslade. 'Sie befindet sich bei uns in Axum. Äthiopien ist der Thron der Bundeslade, seit hunderten von Jahren schon. Ich habe sie selbst gesehen.' Nach Pauolos sei sie keinem Alterungsprozess unterworfen und entspreche exakt den Beschreibungen der Bibel. Er sagte 'Das Gesegnete bleibt. Das Heilige bleibt. Die Bundeslade ist nicht von Menschenhand gemacht. Sie ist ein Geheimnis'. Einen öffentlichen Beweis dafür, dass sich die Bundeslade tatsächlich in Axum befindet, gibt es allerdings nicht. Außerhalb religiöser Texte gab es auch keinen schriftlichen Beweis für ihre Existenz."

„Also ist diese Bundeslade nun in Äthiopien, oder nicht?"

„Möglicherweise. Professor James Davila von der St. Andrews University in England hat einen antiken hebräischen Text übersetzt. Er beinhaltet eine Inventarliste der Habseligkeiten des israelischen Königs Salomo. Neben Gold und anderer Kostbarkeiten ist auch die Bundeslade aufgelistet. Darüber hinaus liefert der Text auch Hinweise auf den Abtransport der Bundeslade und beschreibt die Route, die die Reichtümer Salomos auf ihrer Reise aus Jerusalem genommen hatten. Auch das Ziel wird genannt. Nach dem hebräischen Text gelangte sie einst in den Mittleren Osten. Andere Passagen des Textes geben Rätsel auf. Der Verfasser schreibt, dass einige der Schätze in verschiedenen Orten im Land Israel und in Babylonien versteckt wurden. Das sagt uns zwar auch noch nichts über den Verbleib der Lade aus, deutet aber an, dass die Lade eventuell nicht 586 vor Christus von den Babyloniern zerstört wurde."

„Du sagtest vorhin, während eines Kirchenfestes würden Repliken der Tafeln durch die Straßen der Städte getragen."

„Ja und?"

„Nun, es könnte doch sein, dass das in der Kiste an Bord des Schiffes, ebenfalls eine Replik liegt. Vielleicht ein besondere, ein Familienheiligtum oder so. Was meinst du?"

„Das könnte natürlich sein. Was mich allerdings nachdenklich stimmt, ist die Tatsache, dass in der Kiste an Bord ebenfalls ein Gefäß und ein hölzerner Stab gewesen sind. Und natürlich das die Altersbestimmung in die 18.

Dynastie deutet. Das ist genau die Zeit in der welcher der biblische Mose gelebt haben soll."

„Stimmt, eine Kopie aus der Zeit der Entstehung der Originale, ergibt keinen Sinn. Trotzdem, kann ich das nicht glauben. Die Bundeslade? Das hört sich zu fantastisch an. Außerdem was ist mit der Lade?"

„Was meinst du?"

„Die Kiste an sich. Du hast gerade erzählt wie sie aussieht. Aus vergoldetem Holz mit geflügelten Wesen darauf."

„Worauf willst du hinaus?"

„Wenn ich mich richtig erinnere beschreibt mein Großonkel die Kiste ganz anders. Kein Gold und ohne Figuren."

„Jetzt versuchen wir uns das einmal vorzustellen und lasse uns für einen Moment einmal annehmen, dass sich die echte Bundeslade tatsächlich in Aksum in der Maria Zion Kirche befindet."

„OK, nehmen wir das einmal an. Ich nehme an du willst darauf hinaus, das die Artefakte zwar der originale Inhalt der Lade ist, die Kiste selbst aber noch in Aksum sein könnte. Und deshalb darf sie niemand sehen."

„Möglicherweise hat der Kaiser, sie im Wissen seiner bevorstehenden Absetzung außer Landes schaffen und in Sicherheit bringen wollen."

„Klar, das ist gut möglich. Vielleicht befürchtete er, das die Reliquien von den Putschisten zerstört werden könnten."

„Ja, das ist gut möglich."

„Wenn man im weiteren davon ausgeht, das die Substanz aus dem Gefäß das biblische Manna ist, also das Brot mit dem Gott das Volk Israel in der Wüste ernährte, dann wird mir ganz anders." fügte Gudrun hinzu. „Noch ein Bier?"

„Ja gerne." antwortete Hannes und trank den letzten Schluck aus.

„Aber wie kam die Lade denn nun nach Aksum. Du hast vorhin ausgeführt, dass es zeitlich gar nicht hinkommen kann. Wie war das? Die Spur der Lade verliert sich um 685 v.Ch. Und das Königreich Aksum wurde erst im ersten nachchristlichen Jahrhundert gegründet?"

„Gut aufgepasst, vielleicht studierst du ja auch noch Geschichte?" Gudrun lächelte, ein warmes Lächeln. Ihre Augen funkelten im Abendlicht. Hannes Magen krampfte sich zusammen. Es war jedoch kein unangenehmes Gefühl, im Gegenteil. Hannes erinnerte es daran wie es war, als er sich als Junge das erste Mal in ein Mädchen verliebt hatte. Er verwarf den Gedanken. „Ja vielleicht mache ich das." antwortete er lächelnd.

„Es gibt verschiedene Theorien, wie was mit der Lade geschehen sein könnte. Eine davon, stammt von dem Schriftsteller und Journalist Graham Hancock, der in den 1990ger Jahren versucht hat den Weg der Bundeslade nach Aksum zu rekonstruieren. In wissenschaftlichen Kreisen ist diese Theorie natürlich nicht anerkannt, allerdings spielt das überhaupt keine Rolle wenn sich die Lade tatsächlich in Äthiopien befindet. Seinen Ausführungen nach hätte diese den Weg auf die Elephantine Insel im Nil zu einer jüdischen Gemeinde finden die dort bereits im 7. Jahrhundert vor Christus existierte. 410 v. Chr. wurde der jüdische Tempel auf Elephantine durch die Priester des Chnum zerstört. Hancock meinte, dass anlässlich dieses Übergriffes die Lade auf die Insel Tana Kirkos, in ein Kloster im Tana-See am Oberlauf des Nils gebracht wurde.

Hier blieb sie nach Überlieferung der Mönche des Klosters 800 Jahre, bis sie unter Kaiser Ezana, der sich zwischen den Jahren 325 und 355 zum Christentum bekehrte, nach Aksum gebracht wurde."

„Und wo war sie da? Ist diese Kirche, in der die Bundeslade sein soll, denn auch so alt, passt das zusammen?"

„Im Jahre 2008 veröffentlichte der deutsche Gelehrte Prof. Dr. Helmut Ziegert die Nachricht er habe den Palast der Königin von Saba aus dem 10. Jahrhundert v. Chr. in Aksum entdeckt. Ein Gebäude in dem auch die Bundeslade aufbewahrt worden sein könnte. Er gibt auch eine Interpretation von ihm die beschreibt, wie dieses Gebäude sowohl von den Kulten der Könige von Saba als auch von denen der jüdisch, christlichen Glaubenswelt genutzt wurde. Soll ich es dir erklären?"

„Ich möchte nicht unhöflich sein." entgegnete Hannes „aber mir reicht es, wenn ich verstehe wie der Weg der Lade gewesen sein könnte und das es theoretisch möglich wäre, das sie seit dem in Aksum geblieben sein könnte."

„Verstehe", sagte die Professorin. „Zu viel Info."

171

„Also werde ich wohl doch kein Geschichtsstudent."

„Warum denn nicht, das war doch jetzt deine erste Vorlesung."

„Na dann, zum Wohl. Auf mein erste private Vorlesung."

Eine tiefstehende Sonne blinzelte zum Fenster herein. Die Wolken hatten über den Nachmittag hinweg langsam verzogen. Beide blickten gleichzeitig aus dem Fenster. " Hast du Lust, wollen wir vielleicht ein wenig spazieren gehen?" fragte Gudrun in die plötzlich entstandene Stille hinein.

Hannes sah auf die Omega an seinem Handgelenk. „Ähm, ja, also, warum nicht?"

„Du musst nicht, das war nur so eine Idee."

„Doch, doch, gerne." bemühte sich Hannes hastig zu sagen.

„Na dann, komm. Wir könnten eventuell eine kleine Runde hinten durch den Wald und dann am Feld entlang gehen."

Wenige Minuten später gingen sie schweigend, neben einander auf einem sonnenbeschienen Feldweg entlang.

Kapitel 13

Julia musste sich nicht beeilen. Ihr Bus fuhr erst in 45 Minuten vom ZOB in Freiburg ab. Und selbst wenn sie langsam ging, benötigte sie von der Uni bis dorthin maximal eine viertel Stunde. So schlenderte sie gemächlichen Schrittes auf dem Gehweg entlang. Plötzlich merkte sie auf. Hatte sie durch all den Lärm auf der Straße hindurch, ihren Namen gehört. Sie sah sich um. Und tatsächlich, da schien jemand zu winken und ihre Aufmerksamkeit auf sich lenken zu wollen." Hallo Julia." rief er nun lauter. Sie erkannte in dem Rufer David Lewald den Biologie Doktoranden. Sie blieb stehen und winkte zurück. Eigentlich sah der Typ gar nicht so schlecht aus, hatte eine recht gute Figur, etwas dünn vielleicht. Aber seine Klamotten. Er sah mit seinen altbackenen Klamotten, dem Pullunder und der beigen Cordhosen so richtig wie ein Öko aus. Und manchmal schaute er so komisch. Er musterte sie, als ob er noch nie im Leben eine Frau gesehen hatte. Aber er klug und als sie ihn um Hilfe bat, zögerte er nicht. Er leitet ein Repetitorium. Dort hatte sie ihn kennen gelernt. Jetzt kam er über die Straße gelaufen. „Hallo Julia."

Hi David, wie geht es dir?"
„Danke, mir geht es gut. Ich habe die Ergebnisse von der Untersuchung der Holzkiste."

„Oh, super, danke. Und wie alt ist sie?"

„Ich habe mit meinen Studenten, im Rahmen der Biochemie zwei verschiedene Methoden herangezogen." David machte eine Pause und sah Julia an.

„Ja; und?"

Bei der Radiokarbonmethode, die darauf beruht, dass in abgestorbenen Organismen die Menge an gebundenen radioaktiven ^{14}C-Atomen gemäß dem Zerfallsgesetz abnimmt, kam heraus das die Probe 1700 plus minus 50 Jahre alt ist."

„OK, so genau kann man das bei totem Holz bestimmen?"

„Richtig, das geht sogar nur bei totem Material. Lebende Organismen sind von diesem Effekt nicht betroffen, da sie ständig neuen Kohlenstoff aus der Umwelt aufnehmen, der wieder den normalen Anteil an ^{14}C-Atomen einbringt. Dieser ‚normale Anteil' ist trotz des ständigen Zerfalls nahezu konstant, da ^{14}C ebenso ständig in der oberen Atmosphäre neu gebildet wird."

„Aha, interessant." Julia, war sich nicht sicher ob das jetzt wirklich noch relevant war. „Und die andere Methode?"

„Die ist noch genauer. Mit Hilfe der Dendrochronologie, bei der die Jahresringe von Bäumen anhand ihrer unterschiedlichen Breite einer bestimmten, bekannten Wachstumszeit zugeordnet werden, haben wir ein Alter von 1666 Jahren für die Probe bestimmt."

„Also nicht 3500 Jahre, sondern nur 1666 Jahre. Und da bist du die sicher?"

„Ja, absolut sicher, da die Vergleichsmethode ebenfalls einen passenden Wert ergab. Bei dem Holz handelt es sich im Übrigen um Akazie, die vermutlich aus dem Mündungsgebiet des Nil stammt. Sag mal, wo hast du das

Zeug denn her?"

„Mein Vater hat es von einem Onkel, einem alten Seemann geerbt. Der wiederum hat es vom Kaiser von Abessinien bekommen. Ist 'ne lange Geschichte."

„Vom Kaiser von Abewas?"

„Abessinien. Heute heißt es Äthiopien."

„Das hört sich interessant an. Ich würde gerne mehr darüber erfahren."

„Kein Problem, Ich habe noch 'ne halbe Stunde Zeit. Und schließlich hast du das alles für mich untersucht."

Gut, dann können wir uns ja auf eine der Bänke am Bahnhof setzen und du erzählst mir was du über die Sachen weist."

„Mache ich gerne, wir können uns da vorne beim Bäcker noch einen Kaffee zum Mitnehmen und ein Teilchen auf die Hand besorgen. Ich habe nämlich Hunger. Und ich weiß nicht, ob mein Vater wieder rum zickt und ich mir später dann noch etwas kochen müsste. Wenn du verstehst was ich meine."

Ratlos sah sie der Doktorand an. „Ich trinke keinen Kaffee, nur Tee und ich muss nicht kochen. Das macht meine Mutter."

„Egal, dann eben einen Tee." sagte Julia und lächelte, dachte aber, schon ein seltsamer Vogel.

Hannes war bereits zuhause, als seine Tochter eine Stunde später die Wohnung betrat. „Hallo Paps."

„Hallo Schatz." antwortete Hannes mit sichtlichem Vergnügen in seiner Stimme.

Julia blieb das nicht verborgen und so fragte sie. „Was ist denn mit dir los? Du hast ja so gute Laune?"

„Ja, warum auch nicht? Mir geht es halt gut."

„Das merke ich. Ist ja schön. Aber wo warst du eigentlich gestern Abend? Wann bist du denn nach Hause gekommen? Ich habe mir Sorgen gemacht. Und du hast nicht auf meine WhatsApp reagiert."

Hannes stieß einen kurzen Lacher aus. „Sag mal, seit wann bin ich denn Rechenschaft schuldig. Du sagst mir so gut wie nie Bescheid, wenn du später kommst, oder bei einer Freundin übernachtest."

„Stimmt. Und weil das immer so ist, ist es auch nichts Besonderes. Aber duhu", sie zog das letzte Wort in die Länge und deutete mit dem Finger auf ihren Vater. „hast mir immer gesagt, wenn du später kommst. Wenn du es dann nicht tust, ist es doch wohl logisch, dass ich mir Sorgen mache. Also wo warst du?"

„Ich war bei Gudrun?"

„Bei Gudrun? Wieso bei Gudrun?

„Na so halt, wieso denn nicht?"

Julia stemmte ihre Hände in die Hüften, zog die Brauen zusammen, bis sich eine Falte zwischen den Augen bildete „Paps, läuft da was zwischen euch?" fragte sie in strengem Ton.

„Nein, tut es." Hannes grinste breit.

„Wir waren nur spazieren und haben uns über die Artefakte unterhalten."

„Nur gequatscht? Man Paps, du musst echt noch was dazu lernen. Wann bist du eigentlich nach Hause gekommen?"

„Du kannst alles essen, mein lieber Schatz."

„Aber nicht alles wissen." vervollständigte Julia den Satz. „Du immer mit deinem blöden Essen-Wissen Satz."

„Was ich dir noch erzählen wollte, ich habe vorhin von David erfahren, das die kleine Holzkiste nicht ganz so alt ist. Sie ist zwar auch schon echt alt, aber doch ein ganzes Stück jünger, nämlich erst 1700 Jahre."

„Also wie war das, gestern hat mir Gudrun erklärt wie, natürlich nur rein theoretisch wie die Bundeslade nach Aksum gekommen sein könnte."

„Was ist denn die Bundeslade?"

„Setzte dich mal aufs Sofa. Ich hole mir was zu trinken und dann erzähle ich dir dann was Gudrun gesagt hat."

Nachdem Hannes seine Tochter ins Bild gesetzt hatte, fügte er hinzu „Wenn ich rückwärts rechne, komme ich zu dem Schluss das die Kiste, in der die Keramik verstaut ist zu der Zeit entstanden ist, als sie nach Aksum kam. Das ist nämlich zirka 1700 Jahre her."

„Tja Paps. Und was hast du jetzt vor?"

„Na ja, einen belastbaren Beweis dafür, dass es sich um die echten, originalen Tafeln mit den Zehn Geboten handelt, haben wir nicht."

„Na und, ich weiß jetzt gerade nicht worauf du hinaus willst?"

„Um den schlussendlichen Beweis dafür in den Händen zu handeln, müssten wir die gesamten Tafeln haben."

Julia riss die Augen auf. „Du willst die Steinplatten aus dem Wrack holen?"

„Na ja, von alleine kommen sie sicher nicht raus."

„Schon klar. Mein Vater der Marinetaucher fährt mal eben nach Äthiopien und taucht in ein Wrack, um von dort die 10 Gebote zu bergen. Ich finde, das ist keine gute Idee."

„Und warum nicht?"

„Vielleicht weil das gefährlich ist?"

„Ich habe schon gefährlichere Situationen erlebt."

„Und welche?"

„Wenn ich zum Beispiel dein Zimmer betrete. Da könnte es sein das man einfach in der ganzen Unordnung verloren geht."

„Sehr witzig Paps. Jetzt mal im Ernst. Das ist doch nicht ohne, in ein Wrack zu tauchen. Ich habe mal eine Dokumentation im Fernsehen gesehen, da haben sie gesagt das das Tauchen in einem Wrack nicht gerade ungefährlich ist."

„Stimmt, aber wenn ich mich entsprechend vorbereite, ein wenig trainiere und mir die richtige Ausrüstung besorge, stellt mich das nicht vor ein unlösbares Problem."

„Das klingt ja gerade so, als hättest du so etwas schon einmal gemacht?"

„So was ähnliches." antwortete Hannes.

„Jetzt bin ich aber neugierig. Erzähl doch mal."

„Ach ne, jetzt nicht."

„Komm schon Paps, sei nicht doof. Sag doch. Das war doch bestimmt das wofür du diesen Orden, dieses Bundesverdienstdings bekommen hast."

„Nerv jetzt nicht. Mach lieber mal den Computer an. Mal sehen, was ich alles herausfinden kann."

„Worüber denn?"

„Na über mein Schiff und über den Ort wo es liegt, über die Möglichkeiten die Platten zu bergen und so was halt."

„Und wie willst du das anstellen?"

„Wie wäre es mit Google?"

Es war wirklich interessant. Man konnte über das Internet beinahe alles heraus bekommen. Und schon nach wenigen Stunden hatte Hannes eine beachtliche Bilanz vorzuweisen. So hatte er herausgefunden, dass es auf Dahlak Island ein Ressort gibt, von welchem auch Tauchausflüge in die Bucht angeboten wurden. Er hatte auf einer Online Karte im Internet nachgemessen, dass es von dort aus nur ca. fünfeinhalb Kilometer bis zum Untergangsort der Little Rosi waren. An dieser Stelle war das Wasser nur etwa zwanzig bis dreißig Meter tief. Weiterhin fand er heraus, dass die Werft auf der Little Rosi gebaut worden war nicht mehr existierte. Aber der letzte Eigentümer lebte noch und zwei Klicks später hatte er die Adresse und Telefonnummer auf dem Bildschirm. Er musste mehr über das Schiff herausfinden. Am besten wäre es, wenn er Pläne hätte. Um in den Laderaum tauchen zu können, die Fracht zu finden und wieder heil heraus zu kommen, musste Hannes sich dort auskennen, wie in seiner Westentasche.

Hannes rief Gudrun an und sie verabredeten sich zum Essen in ein Restaurant. Er wollte gerne ihre Meinung hören.

Dann wählte er die Nummer die er zuvor im Internet recherchiert hatte. Es war ein sehr nettes Gespräch gewesen. Der alte Herr Lühring hatte ihm erzählt, dass er bereits 86 Jahre alt sei. Weiterhin berichtete er Hannes, dass er noch vor der Schließung der Werft das Bauplan Archiv in sein Wohnhaus umgelagert hatte. Ein Stunde später hatte Herr Lühring ihn zurück gerufen. Er hatte den Plan der Little Rosi gefunden und wollte diesen leihweise an Hannes schicken. Natürlich hatte das Schiff zu Beginn einen anderen Namen getragen. Jedoch waren das Baujahr und die Abmessungen, die Hannes dem Brief seines Onkels entnommen hatte, Anhaltspunkte genug für Herrn Lühring gewesen, um das Schiff zu identifizieren und die Pläne herauszusuchen. Von Frankfurt ging ein Flug nach Asmara in Eritrea. Von dort aus waren es keine 120 km mehr bis nach Massaua. Ein Transferboot könnte ihn dann nach Dahlak Island bringen. Dort gab es ein schönes, aber einfaches Hotel. Die Preise waren völlig OK dachte Hannes noch, als ihm einfiel das er ja eigentlich überhaupt nicht darauf achten musste was das Ganze kostete. Sein Erbe ermöglichte es ihm auch das beste Zimmer zu nehmen. Und er konnte sich auch die Beste Flugklasse erlauben. Ein Lächeln schlich sich auf sein Gesicht. „Was magst du Essen?" Hannes senkte die Karte. Das Ambiente des Landgasthauses gefiel ihm. Hier war er mit seinen Eltern schon gewesen, denn hier in dem kleinen Dorf Vörstetten war er aufgewachsen. Das Restaurant hatte sich seit seiner Jugend deutlich verändert. Heute war es modern und klar eingerichtet. Das Essen war seiner Meinung nach gut. Als er das letzte Mal hier war, feierten sie Julias Geburtstag. Er hoffte nun, dass es auch Gudrun gefallen würde, da sie ihrer Aussage nach, das Restaurant noch nicht kannte.

„Ich denke ich werde das Kürbis Risotto mit Rucola und Kirschtomaten nehmen. Und du?"

„Hm, mal sehen." Hannes studierte wieder die Karte. „Ich hab's, ich nehme den Fischteller mit Gemüsestreifen und feinen Nudeln." Bei einer netten Kellnerin bestellten sie das Essen und einen trockenen Weißwein. „Du hast gesagt, du willst mir noch etwas erzählen." begann Gudrun nach einer Weile. Hannes berichtete über was er nachgedacht hatte und was er bereits über eine mögliche Reise nach Eritrea recherchiert hatte. Gudrun reagierte begeistert. Bei seiner Tochter, der er kurz zuvor davon erzählt hatte, rechnete er damit dass sie solch eine Reise toll fand. Er bot ihr daraufhin an sie mitzunehmen. Das Semester war in ein paar Wochen zu Ende. Bis dahin wollte Hannes sich noch eine wenig vorbereiten, ein wenig trainieren und die Reise buchen. Sein Entschluss stand inzwischen fest. Er würde versuchen, die Tafeln zu bergen.

„Ich habe auch bereits daran gedacht, dass du die Tafeln bergen solltest."

„Wirklich?"

„Ja natürlich. Wie wäre ansonsten zu beweisen, dass es sich tatsächlich um die wirklichen Zehn Gebote handelt. Das Fragment alleine sagte noch gar nichts. Es könnte ein Teil von was weiß ich denn sein. Erst wenn wir die gesamten Tafeln haben, mit dem eindeutigen Text der Zehn Gebote, dann und erst dann ist der Beweis erbracht. Für mich als Archäologin ist das ja auch ein interessantes Thema. Offiziell daran forschen würde ich natürlich nicht, das Ganze ist zu fantastisch. Dafür gäbe es keinen Forschungsauftrag von der Uni. " Hannes überhörte den letzten Teil des Satzes du sagte:

„Wir? Würdest du mich denn begleiten wollen?"

„Wenn du mich mitnimmst?"

„Ja gerne, wenn es dich nicht stört, dass Julia auch mitkommt?"

„Nein, kein Problem. Ich mag deine Tochter. Außerdem hatte ich ohnehin noch keine Pläne für meinen Sommerurlaub. Und jetzt, jetzt habe ich ein Ziel."

Hannes nahm sein Smartphone aus der Tasche, öffnete seinen Internetbrowser und rief die Seite des Dahlak

Grand Hotels auf. „Schau mal, das ist das Hotel." Er wechselte auf eine Landkarte des Gebietes. „Und hier siehst du nochmal wo das Hotel liegt und da, " er deutete auf einen Punkt auf der Karte, „da liegt das Wrack der Little Rosi."

„Das ist aber nicht weit von dem Hotel, oder?"

„Nein, es sind nur wenige Kilometer. Und das ist auch das Problem."

„Meinst du denn, die Platten sind überhaupt noch an Bord des Schiffes?"

„Woher soll ich das wissen? Klar kann es sein, das die Tafeln nicht mehr auf dem Wrack sind. Und wenn das so ist, können wir es auch nicht ändern, aber vielleicht sind sie ja noch da. Lass uns hinfahren und es herausfinden."

„Und wenn sie bereits weg sind, dann hatten wir einen schönen Urlaub."

„Irgendwie glaube ich nicht, dass die Tafeln bereits geborgen wurden."

„Und wie kommst du darauf."

„Na ja, meinst du nicht, wenn jemand die Zehn Gebote gefunden hätte, wäre das doch mit Sicherheit an die Öffentlichkeit gekommen."

„Damit hast du natürlich Recht. Also auf ins Rote Meer."

Kapitel 14

Die Maschine der Qatar Airways QR 1443 von Doha kommend befand sich im Landeanflug auf Asmara. Die kurze Nacht hatte man in einem Flughafenhotel verbracht, nachdem man am späten Nachmittag von Frankfurt aus gestartet und pünktlich um 23:55 Uhr in der Hauptstadt Katars gelandet war. Hannes sah aus dem Fenster. Nichts als rotbraune Erde, auf die eine erbarmungslose afrikanische Augustsonne schien, war zu sehen. Um 11:55 Uhr setzte die Maschine auf. Wie ein Keulenschlag traf sie die Hitze, als die drei kurz darauf das Flugzeug verließen. Ein zum Glück klimatisierter Kleinbus wartete vor dem Flughafen. Nach einer etwa zweistündigen Fahrt erreichten sie Massaua. Hier also, so dachte Hannes, hat mein Onkel, viele Jahre lang, immer mal wieder mit seiner Little Rosi gelegen. Die erste Nacht verbrachten sie im Dahlak Grand Hotel. Die Damen waren froh, sich in dem klimatisierten Hotelzimmer frisch machen zu können. Das Hotel war wie ein Palast gebaut und erst, so hatten sie erfahren, im Jahre 2004 den Betrieb aufgenommen. Ein riesiger Pool beherrschte den Innenhof, der sich zum Meer hin öffnete. Von dort aus hatte man einen Blick auf die Altstadt, die genau auf der anderen Seite der Bucht lag. Hannes hatte allerdings den Eindruck, dass das Haus nur sehr wenige Gäste beherbergte. Die Architektur der Anlage war wunderschön, dennoch wirkte das Ganze etwas herunter gekommen. Hannes schob diesen Umstand auf die geringen Besucherzahlen. Daher war nicht genug Geld vorhanden, um die an sich schöne Anlage in Schuss zu halten. Trotzdem, erinnerte Hannes das Hotel an die Erzählungen seines Großonkels. Denn genau wie er die Stadt ansonsten beschrieben hatte, war auch das Hotel zwei bis drei Geschossig ausgeführt und die Fronten zierten Arkadenreihen auf jeder Etage. Ein Gebäude wie aus 1000 und einer Nacht. Man hatte vereinbart, das man erst einmal ein wenig ausruhen und sich dann um 17:00 Uhr mit dem Reiseleiter treffen wollte, der die kleine Gruppe am nächsten Morgen nach dem Frühstück mit einem Schiff zu Dahlak Island hinüber bringen sollte. Dort hatte man Zimmer im Dahlak Island Resort gemietet. Gegen halb fünf war es Hannes auf seinem Zimmer langweilig und so beschloss er sich die Hotelanlage anzusehen. Diese lag doch tatsächlich auf der kleinen, dem Festland vorgelagerten Insel, die Taulud Island hieß. Hannes hatte sich daran erinnert, als man mit dem Bus über die Dammstraße gefahren war, welche die Insel mit dem Festland verband. Er hatte es für eine gute Idee gehalten und den Brief seines Onkels mitzunehmen, damit er Details nachlesen konnte. Wo war eigentlich dieser Palast? Der musste auch auf dieser Insel hier sein. Bei der Rezeption fand Hannes in einem Prospektständer eine Stadtkarte. Dort war auch der Palast verzeichnet. Laut Plan, müsste dieser Palast eigentlich direkt neben dem Hotel liegen. Das kann doch nicht wahr sein. Das Hotel hatte er nicht wegen seiner Lage ausgesucht, die kannte er zuvor noch gar nicht, sondern weil es ihm im Internet den Besten Eindruck gemacht hatte. Seine Neugier war geweckt. Er verließ die Hotelanlage, wendete sich nach rechts, ging die Straße hinunter und sofort sah er den Palast. Oder das was davon übrig war. Kurz darauf passierte Hannes das Tor zum Grundstück, welches immer noch von zwei heraldischen Löwen bewacht wurde. Das Gebäude war stark beschädigt und halb verfallen. Die

Kuppel hatte Löcher und die zum Meer hingewandte Seite war durch Artilleriebeschuss zerstört worden. Aber die Freitreppe, auf welcher sein Großonkel den Orden erhalten hatte, war noch intakt. Hannes stieg sie hinauf und warf ein Blick hinüber zu der anderen kleinen Insel, die laut Karte Batse hieß und das pittoreske Altstadt Ensemble Massauas beherbergte.

Wenn es nicht schon ein wenig verfallen wäre dachte Hannes, wäre diese Stadt ein außerordentliches Zeugnis arabisch-osmanischer Baukunst. Vor seinem geistigen Auge beschwor Hannes das Bild herauf, welches zeigte wie die Kadetten vor mehr als fünfundfünfzig Jahren, genau an dieser Stelle, ihre Beförderung erhielten. Warum war jetzt alles kaputt? Seine Uhr sagte ihm, dass er zurück zum Hotel gehen sollte.

Die Damen saßen bereits an der Bar, als er eintraf. In knappen Worten berichtete er von seiner Entdeckung des Palastes und seinem Zustand, als plötzlich eine raue Stimme an sein Ohr drang. Er drehte sich um. Ein kleiner, älterer Mann mit krausem Haar, dunklem Teint und einer Hakennase sprach ihn auf Deutsch an. Mit starkem Akzent zwar, aber gut verständlich.

„Guten Tag. Mein Name ist vorne Amaniel, das bedeutet in ihrer Sprache der Liebenswürdige und hinten Ghebreleul, was so viel wie, der Diener Gottes bedeutet. Der Mann verbeugte sich kurz. Ich bin der Kapitän des Bootes, das sie zur Dahlak Insel fährt und ihr Guide für ihren Aufenthalt."

„Das ist aber schön. Angenehm sie kennen zu lernen." sagte Hannes zu dem Mann, der zwei Köpfe kleiner war als er und sehr drahtig wirkte. Vielleicht war er aber auch nur sehr dünn und hager. Das vermochte Hannes nicht zu sagen. Amaniel grinste breit und entblößte dabei sehr unregelmäßige, gelbliche Zähne. Nun begrüßten auch Gudrun und Julia ihren Fremdenführer.

„Entschuldigen sie bitte", sagte Amaniel, „aber ich habe gerade mitbekommen was sie zu ihrer kleinen Familie gesagt haben. Sie sprachen über den Palast des Kaisers. Er wurde während des Eritreischen Befreiungskrieges leider von diesen Idioten zerstört. Sie haben so viel kaputt gemacht."

Nun antwortete Gudrun. „Der Kaiser hat bei dem Putsch, der dem Krieg voranging, ja ebenfalls sein Leben verloren."

Mit einer tiefen Verachtung in seiner Stimme antwortete Amaniel „Pah, dieser Diktator Mengistu Mariam hat ihn ermorden und unter einer Bürotoilette im Palast in Addis Abeba verscharren lassen."

Julia schaute ungläubig „Echt?"

„Ja, das hat er. Es war abscheulich. Und erst vor ein paar Jahren hat unser Patriarch Paulos den Negus Negesti, mit allen Ehren in der Familiengruft in der Dreifaltigkeitskirche in Addis Abeba beisetzen lassen."

„Wen?" wollte Julia wissen.

Der Guide lächelte verstehend „Den Negus Negesti, das heißt König der Könige. Er war der Löwe von Juda und der Auserwähle Gottes. Der 225. monarchische Nachfahre König Salomos. Und dieser stalinistische Bastard hat ihn ermordet."

Hannes hatte, als er sich auf diese Reise vorbereitet gelesen, dass die Bevölkerung im Grunde froh gewesen war, als der Kaiser abgesetzt worden war, da diese sehr arm, der Kaiser aber sehr prunkvoll gelebt hatte. Dieser Mann schien das offensichtlich völlig anders zu sehen.

„Sie mochten den Kaiser wohl?" fragte Gudrun in die plötzlich entstandene Stille.

Die Augen des alten Fremdenführers begannen zu leuchten. „Oh ja, ich mochte ihn sehr. Ich hatte die Ehre im zu Diensten zu sein. Er war ein sehr guter Mann." Seine Haltung versteifte sich, als ob er demjenigen über den er gerade gesprochen, damit Respekt erweisen konnte.

„Woher können sie so gut deutsch?" wollte Julia wissen.

Abermals veränderten sich die Haltung und der Gesichtsausdruck Amaniels. „Ich habe an der Universität in Addis Abeba deutsch studiert. Ich tat das, um als Fremdenführer arbeiten zu können"

Julia nickte verstehend. „Wann möchten sie morgen denn gerne frühstücken?" fragte Amaniel in die Runde.

Hannes sah die anderen an und fragte „halb neun?"

„Halb neun ist gut." meinte Gudrun und Julia nickte ebenfalls zustimmend.

Amaniel überlegte kurz und sagte dann „Wenn ich sie um zehn Uhr abhole, sind sie dann fertig?"

„Ich denke schon." Antwortete Hannes.

Kurz darauf, der Guide hatte sich verabschiedet saßen Hannes, Gudrun und Julia an der Bar. Er hatte sich ein einheimisches Bier bestellt und die Damen hatten einen Cocktail vor sich. Gudrun sah bezaubernd aus. Ihre Haare hatte sie hochgesteckt, wohl wegen der Hitze dachte Hannes, denn Julia hatte das gleiche getan. Sie kommentierte es damit, das ihr bei dieser Hitze, das Thermometer war bis 45° Celsius geklettert, ansonsten der Schweiß in Strömen den Rücken hinunter laufen würde.

Die Professorin trug eine weiße Leinenhose, die um die Hüfte eng, aber an den Beinen recht locker saß. Ein hautenges, hellblaues enges Top, aus so einem Funktionsmaterial betonte den oberen Teil ihrer Figur. Hannes kam nicht umhin festzustellen, dass sie atemberaubend aussah. Julia trug ein bequemes, kurzes Sommerkleidchen. Hannes sah unwillkürlich an sich hinunter. Seine Figur war OK, für 53. Trotzdem mochte er den leichten Speckgürtel, der sich um seine Talje gebildet hatte überhaupt nicht. Daher war es ihm auch irgendwie ein klein wenig unangenehm, als Julia nach einer Weile enthusiastisch fragte ob man nicht in den Pool gehen wolle.

Am nächsten Morgen pünktlich um zehn, standen die drei an der Rezeption und checkten aus. Ein sehr hübsches, dunkelhäutiges Mädchen, dessen Zähne geradezu unnatürlich weiß aus ihrem Gesicht leuchteten, nahm die Zimmerschlüssel entgegen und stellte die Rechnung aus. In schlechtem englisch fragte sie wie Hannes das Hotel gefallen hätte. Viele Gäste aus Deutschland haben sie meist nicht, wusste die Rezeptionistin zu berichten. Dieses Jahr wären sie erst die zweite deutsche Familie. Ein anderer Gast aus Deutschland käme heute im Laufe des Tages an. Es wäre doch schade dass sie den Landsmann verpassen würden. Wie schon am Tag davor, stand plötzlich wie aus dem Boden gewachsen, der kleine Guide vor ihnen und wollte wissen, ob sie denn klar zur Abfahrt seien. Nur wenige Minuten später standen sie an einer Mole an der mehrere, mal kleiner, mal größere Boote lagen. Amaniel steuerte auf eines zu, das mit etwa fünfzehn Metern Länge und einem wuchtigen Aufbau zu den größeren gehörte. Hannes kannte diese Art Boote von einem Ägypten Urlaub. Mit ihnen fuhr man zu den Riffen, oder kleinen Inseln hinaus, um dort zu tauchen, oder aber einfach nur den Strand zu genießen. Am Heck stand in einer Schrift, die Hannes vorkam, als sei sie eine Mischung aus arabischen und japanischen Schriftzeichen der Name des Bootes. Natürlich war ihnen auch schon zuvor diese für sie fremdartige Schrift aufgefallen.

„Wie heißt das Boot denn?" wollte Julia wissen. Es kam Hannes fast vor wie Gedankenübertragung. Amaniel lächelte wieder dieses freundliche Lächeln und sagte dann

„Das ist Amharisch, das ist unsere Sprache und unsere Schrift heißt Ge'ez. Und das Wort was da steht, wird Kokebnesh gesprochen. In eurer Sprache heißt das Stern." Bald darauf lief das Boot aus. Hannes kamen die Worte seines Onkels aus dem Brief in den Sinn. Genauso wie die die Kokebnesh war damals die Little Rosi hier entlang gefahren. Der Seewind in Kombination mit dem Fahrtwind brachte kaum Abkühlung. Im Gegenteil kamen Hannes und die anderen vor, als stünden sie vor einem rieseigen Heißluftfön. Amaniel hatte sie wissen lassen, das die Überfahrt nach Dahlak Island etwa drei Stunden dauern würde und dann noch einmal circa eine Stunde bis man das Resort erreicht hätte. Der Guide hatte mit seiner Einschätzung genau richtig gelegen. Um 14:00 Uhr hatte der Stern an einem der Resort Anlage vorgelagerten Schwimmsteg fest gemacht.

Die Anlage selbst besteht aus einer großen Anzahl von aneinander gebauten Bungalows, Hannes schätze, dass es circa fünfzig Gebäude waren, die wie an der Perlenschnur aufgereiht, keine hundert Meter von dem schmalen Meeresarm erbaut worden waren. Und sogar einen Helikopter Landeplatz gab es. Die Anlage schien nagelneu zu sein. An vielen Stallen war der Rasen, den man gesät hatte, noch nicht aufgegangen und auch die Palmen, die wohl erst kürzlich gepflanzt worden waren, um dem Ambiente ein tropisches Flair zu geben, mickerten noch vor sich hin. Dennoch wirkte alles sehr gepflegt. Kein Wunder dachte Hannes, als er ein kleines Schild in der Rezeption entdeckte, auf dem zu lesen war, dass der Komplex erst in diesem Jahr fertig gestellt worden war. Schon seltsam dachte er, wie sich das alles fügt. Die Zimmer waren modern eingerichtet und in freundlichen Farben gehalten. Es gab zwei kleine Pools, an denen sich allerdings im Moment keine Gäste aufhielten. Man hatte vereinbart sich am Abend, genau wie am Tag zuvor gegen 17:00 an der Bar zu treffen, um die Pläne für den nächsten Tag zu besprechen.

Die Temperaturen hatten sich kaum abgekühlt. Hannes und Amaniel saßen an einem Tresen im Hauptgebäude, welches sich äußerlich von den anderen lediglich dadurch unterschied, das es im Gegensatz zu den ansonsten rötlichen angemalten, weiß gestrichen war. „Was wollen sie morgen unternehmen? Tauchen, oder die Insel besichtigen?"

„Ich möchte tauchen. Ich interessiere mich für Wracks und habe gehört das in der Bucht einige liegen sollen." schwindelte Hannes.

Das ist im Prinzip richtig. Allerdings liegen die größeren bedeutenderen Wracks, auf der Außenseite der Insel."

„Ich möchte lieber die Wracks im Inneren sehen." behauptete Hannes. Er hatte sich eine Karte von Dahlak Island besorgt und breitete diese nun auf dem Tresen von Amaniel aus. In diesem Augenblick kamen die beiden Frauen dazu. Beide hatten die Haare elegant hochgesteckt und trugen, als ob sie sich abgesprochen hätten luftige, einfarbige Sommerkleider. „Ihr seht toll aus." meinte Hannes und warf den Damen einen bewundernden Blick zu. Ebenso blieb es Hannes nicht verborgen das auch Amaniel Gudrun einen verstohlenen Blick zuwarf.

„Was macht ihr?" wollte Julia wissen.

„Ich wollte Amaniel gerade fragen, wo man hier in der Bucht Wracks finden kann, zu denen ich morgen tauchen könnte."

„Kommen die bezaubernden Damen der Familie nicht mit?"

Gudrun antwortete „Doch schon, aber tauchen wollen wir nicht, oder?" Sie sah Julia an, die den Kopf schüttelte. „Wir machen es uns lieber auf dem Boot bequem, lesen, liegen in der Sonne und gehen ab und zu im Meer baden." Hannes hatte das Boot für eine Woche, samt Skipper gebucht, um so die Möglichkeit zu haben selbst zu entscheiden.

„Genau bestätigte Julia. Paps kann sich ruhig alleine von den Fischen anknabbern lassen und sein Männerdings durchziehen." Man hatte zuvor abgesprochen, dass man niemanden mit der Nase darauf stoßen wollte, was sie vorhatten. Hannes rollte trotzdem mit den Augen.

„Hoffentlich verbrennst du dir nicht den Allerwertesten, wenn du den ganzen Tag in der Sonne schmorst."

„Ich hatte nicht vor FKK zu machen Paps!" antwortete Julia schnippisch. Hannes grinste Julia an und wendete sich wieder der Karte zu.

„Wissen sie denn wo sich lohnenswerte Tauchobjekte befinden?"

Amaniel richtete sich auf. Stolz schwang in seiner Stimme mit. „Aber ja natürlich. Es ist schonlange her, in den besseren Tagen, als dieses Land noch eine Zukunft hatte." Etwas Trauriges lag in den Augen des Mannes. „Ich war ein Leutnant der Kaiserlichen Marine. Dort kommandierte ich ein Schnellboot. Ich war so stolz. Daher kenne ich diese Gewässer hier natürlich sehr gut. Er deutete mit dem Finger auf verschiedene Stellen auf dem Kartenausschnitt. „Hier und hier und dort liegen Wracks." Auf die Stelle, an der Little Rosi ihre letzte Ruhe gefunden hatte, war sein Finger allerdings nicht gewandert.

„Und weitere Stellen gibt es nicht?" wollte Hannes wissen.

Doch schon, die gibt es. Aber dort liegen die Schiffe tiefer und es ist recht dunkel dort, da das Licht der Sonne kaum bis da unten hin reicht. Es ist besser, wenn man da taucht, wo das Licht hinreicht. Das ist nicht so gefährlich."

Hannes überlegte einen Moment lang und entgegnete dann. „Wissen sie, ich suche genau solche Wracks, die etwas tiefer liegen. Dort haben sicher viel weniger Menschen getaucht und die Schiffe sind unberührter."

„Ich habe zwar einige Standardausrüstungen an Bord, leider aber keine starken Lichter." meinte Amaniel.

„Das ist kein Problem. Ich habe von zuhause etwas Entsprechendes mitgebracht. Einen starken Unterwassersscheinwerfer und eine gute Unterwasserkamera."

Amaniel nickte.

„Also, was könnten sie sonst noch empfehlen?"

Amaniel kratzte sich am Kopf. „Hier liegt noch ein Schiff."

„Aber das ist außerhalb der Bucht."

„Gibt es auch eines das in der Bucht liegt?" Hannes war nun etwas verunsichert, da er nicht wusste, ob der Guide über den Untergangsort der Little Rosi Beschied wusste. Es kam Ihm so vor, als ob der kleine Eritreer mit sich rang. Zumindest glaubte er, dies von seiner Miene ablesen zu können.

„Ja es gibt da noch ein Schiff, das liegt etwa hier. Das ist aber sehr gefährlich."

„Ist es denn gefährlicher, als die anderen?"

„Dieses Schiff wurde kurz nach dem Putsch gegen unseren Kaiser versenkt." Er stockte, als ob er nach den richtigen Worten suchte. „Ich hatte das Kommando auf einem Schnellboot zu dieser Zeit. An dem Tag als das Schiff das dort unterging auslief, wurde ich verhaftet. Später dann habe ich erfahren, dass ein anderes Schiff der Marine dieses an der Stelle", er deutete noch einmal mit dem Finger auf die Karte „versenkt hatte. Angeblich soll es einen Schatz der dem Negus Negesti gehört hatte, an Bord gehabt haben."

„Und weshalb soll das denn nun gefährlicher sein?" hakte Hannes nach.

„Weil ein Fluch auf dem Schiff liegt. Den hat der Kaiser selbst noch verhängt, als er von der Versenkung gehört hat."

„Aber das sind doch alles Märchen." sagte Gudrun nun mit einer abfälligen Handbewegung. „Glauben sie denn an so etwas?"

„Nein, sicher nicht. Aber es heißt, dass der ganze Rumpf voller Munition sein soll. Der Kaiser wollte mit dieser andere Schiffe versorgen, mit deren Hilfe er den Putsch nieder werfen wollte."

„Ach so, es ist gefährlich wegen der Munition. Sie glauben, diese könnte explodieren?"

„Ich kenne mich da nicht aus antwortete der Afrikaner, aber möglich wäre es doch."

„Wissen sie." Ich bin ausgebildeter Marine Taucher und habe da einige Erfahrung. Ich kann mir das Wrack ja mal ansehen und dann entschieden, ob es gefährlich ist, oder nicht."

Amaniel rieb sich nachdenklich das Kinn. „Wenn ihnen etwas passiert, dann trage ich Schuld. Das geht nicht."

„Wenn ich ihnen, sagen wir einmal 1000 amerikanische Dollar extra gebe, geht es dann?"

Amaniel riss die Augen auf „1000 amerikanische Dollar?" wiederholte er fragend. „Extra?"

„Ja 1000 Dollar extra." bestätigte Hannes. Der Blick des kleinen Guide war fahrig und er blickte schnell und unschlüssig von links nach rechts.

„1500 Dollar, bar auf die Hand, jetzt sofort." Hannes hielt Amaniel die Hand hin.

Dieser ergriff die Hand, nickte, aber blickte nicht auf.

„Also abgemacht bestätigte Hannes den Handel."

Wieder nickte Amaniel nur kurz. Sagte dann aber an Gudrun gerichtet. „Und was sagen sie dazu. Ist das nicht zu gefährlich. Ihr Mann könnte verletzt werden, oder sogar sterben."

„Er ist nicht mein Mann. Wir kennen uns zwar, aber nein verheiratet sind wir nicht." Gudrun lachte leise schnaubend auf.

Hannes durchfuhr dieser Satz, wie ein Stich. Natürlich waren sie das nicht. Aber hätte sie es ausdrücken und betonen müssen. Amaniel blickte verwirrt von Hannes zu Gudrun.

„Ach so ist das. Ich dachte sie sind eine Familie. Entschuldigen sie bitte."

„Kein Problem", meinte Julia. „Wir, " sie deutete auf Hannes „sind schon eine Familie. Frau Meyer ist nur eine Freundin und begleitet uns." Bei dem ‚nur' war diesmal Gudrun ein wenig zusammengezuckt. Julia hatte wohl ähnliches empfunden wie Hannes und entsprechend geantwortet. Der Afrikaner zuckte die Schultern und meinte nur. „Und ihnen ist es egal, wenn ihrem Vater etwas zustößt?"

Julia grinste schief und sagte dann „Natürlich nicht. Aber wenn, dann bin ich ja gut versorgt."

„Na super." Hannes grinste ebenfalls. „Mein Schicksal scheint euch ja nicht gerade am Herzen zu liegen."

„Doch, doch Paps. Aber du willst doch diese Unterwasserspielchen machen, nicht wir."

„Na, da wir das ja jetzt geklärt hätten, " Hannes wendete sich jetzt wieder ihrem Guide zu. „stellt sich die Frage, wann wir zu dem Wrack hinüber fahren können?"

„Die Flaschen mit der Atemluft sind gefüllt. Wir haben reichlich Getränke und ein wenig Obst an Bord. Wir können losfahren sobald sie so weit sind." sagte Amaniel und nickte. In seinen Augen meinte Hannes einen Anflug von Angst oder Sorge zu erkennen.

Kapitel 15

Eine halbe Stunde später erreichte die Kokebnesh die Stelle, an der Amaniel das Wrack vermutete. Hannes aktivierte das GPS Modul seines Handys, um zu überprüfen ob man die richtige Stelle erreicht hatte. Eine zufriedene Miene verriet den anderen, dass dies der Fall war. Amaniel stellte die Maschine ab und ging zum Bug, um den Anker zum Fallen vorzubereiten.

Hannes hatte während der Überfahrt die Ausrüstung überprüft, die Dichtigkeit der Druckleitungen, die Funktion des Lungenautomaten und natürlich, ob die Flaschenreserve sich durch ein entsprechendes Signal ankündigte.

„Was hast du eigentlich bei dem Tauchgang vor? Du wirst ja kaum die Platten mit nach oben bringen, wenn du sie findest, oder?

Nein, ganz sicher nicht. Ich werde da unten erst einmal die Lage checken."

„Und was heißt das genau, Paps?

„Zunächst muss ich natürlich feststellen, ob es sich wirklich um das Wrack der Little Rosi handelt. Habe ich das festgestellt muss ich die Lage des Rumpfes, im Verhältnis zum Meeresboden überprüfen. Das bedeutet ich muss abschätzen, in wie weit sich der Rumpf bewegen kann, daraus kann ich dann die weiteren Risiken entsprechend besser ableiten."

„Wie meinst du das? Welches Risiken bestehen denn?" Wollte Gudrun wissen.

„Wenn ich mich im Inneren des Rumpfes, oder der Aufbauten befinde und das Schiff sich bewegen würde, dann könnte die Öffnungen durch welche ich ins Innere gelangt bin versperrt werden. Ich könnte mich im Schiff verirren, oder aber irgendwo hängen bleiben und meine Ausrüstung beschädigen. Wenn ich nicht vorsichtig bin, könnte mir etwas auf den Kopf fallen, oder mich anderweitig verletzen. Daher muss ich mir erst einmal einen genaues Bild über den Zustand des Wracks machen."

„Das hört sich jetzt aber super gefährlich an Paps. Und das alles nur, weil du beweisen willst das der Kaiser die echten Zehn Gebote vor seinem Sturz außer Landes bringen lassen wollte." Plötzlich stand Amaniel vor ihnen und Julia hielt unvermittelt inne.

„Das Schiff liegt jetzt fest vor Anker. Wenn sie also wirklich da runter wollen, dann können sie das jetzt tun." Hannes nickte nur, sagte aber nichts. Er hatte ein seltsames Gefühl im Bauch, konnte es aber nicht richtig einordnen. Trotzdem legte er den Taucheranzug an und Amaniel machte geübt den Buddy Check. Tarierweste; OK. Bleigewichte; OK. Releases; OK. Flaschenventil offen; OK. Schläuche; OK. Manschette; OK. Atemregler; OK. Tauchcomputer; OK. Lampen; OK. Kamera; OK. Final Check; OK. Das Taucherboot verfügte auf beiden Seiten im hinteren Drittel über ein Türchen in der Verschanzung. Inzwischen hatte sich das Boot vor Anker liegend, in den Wind gedreht und lag ruhig da.

Hannes ging zu der Öffnung, schlüpfte in die Flossen, gab noch einmal ein Zeichen, das alles in Ordnung sei und sprang dann ins Wasser.

Das Wasser war warm, als es unter das Neopren drang. Das recht dünne Material des Anzugs war dieser Temperatur geschuldet. Das Echolot hatte eine Veränderung der Wassertiefe von 26 auf 22 Meter Wassertiefe angezeigt. Hannes sank langsam dem Meeresgrund entgegen. Eine Sicherungsleine wurde von Bord aus nachgeführt. Das Wasser war glasklar. Er schätze die Sicht auf etwa 15 Meter. Ungefähr so weit konnte er die Ankerkette in die Tiefe reichen sehen. Wenige Sekunden später schälte sich zunächst schemenhaft, gleich darauf schon stärker konturiert ein grünlich graues Objekt auf dem Wasser. Hannes Puls beschleunigte. Das Zischen seines Atemgeräusches aus dem Lungenautomat drang an sein Ohr. Die Frequenz war nicht in Ordnung, er atmete zu schnell. Langsam dachte Hannes, ganz ruhig. Sein Atem wurde ruhiger. Der Rumpf war jetzt deutlich sichtbar. Zwei Maststümpfe ragten aus dem Rumpf in die nach oben heller werdende See. Es könnte das richtige Schiff sein. Er glitt auf das runde Heck zu. Der Name, dachte Hannes, der Name. Den muss ich finden. Das Schiff lag auf die Steuerbord Seite geneigt. Mit der Hand glitt er über das mit Algen und Korallen bewachsene Metall. War da nicht eine Erhebung auf dem Stahl zu fühlen? Er kratze daran herum, bis eine Form sichtbar wurde. Ein O. Der nächste war ein S. Er musste unter der Tauchermaske grinsen. Bei dem letzten Buchstaben handelte es sich um ein I. Vor dem O hatte Hannes bald darauf ein R freigelegt. Hannes hatte das Gefühl zu schwitzen. Und das unter Wasser. Wenige Minuten war er sicher. Er hatte die Little Rosi gefunden. Sein Tauchcomputer teilte ihm mit, dass er bald auftauchen musste. Es war aber noch genügend Zeit übrig, um einmal am Wrack entlang zu tauchen. Obwohl Rosi schon seit vierzig Jahren auf dem Meeresboden lag, war das Wrack in einem recht guten Zustand. Das Holz des Decks und die ebenfalls hölzernen Aufbauten waren zu größten Teil ein Opfer der Bohrwürmer und anderer holzvertilgender Meeresbewohner geworden. Da Rumpf, Deck und alle andere tragende Elemente aus Schiffbaustahl gefertigt waren, sah das Wrack eher wie ein verschlammtes, aber intaktes Schiff aus, als wie ein totes Gerippe. Zum Einen lag das wohl daran, dass es im inneren der Bucht selbst bei Sturm kaum Wasserbewegungen gab und da jegliche Strömung fehlte wurde das Wasser so gut wie nie aufgewühlt, so dass sich selbst die Sedimente in Grenzen hielt. Zum anderen hatte die Little Rosi außer den Einschusslöchern unter der Wasserlinie, die sie am Ende zum Sinken gebracht hatte, kaum Beschädigungen und war auf ebenem Kiel bis auf den Meeresboden gesunken. Dort war sie wegen der Legende über die gefährliche Munition an Bord, unberührt geblieben. Etwas Kaltes griff nach Hannes' Herzen. War vielleicht doch Munition an Bord? Hannes erstarrte. Wie Blitzlichter in seinem Kopf, tauchten die Bilder vor seinem geistigen Auge auf. Sein Tauchunfall. Die Minenexplosion. Das Krankenhaus. Die Mitteilung dass sein zweiter Mann bei dem Unfall gestorben war. Die Ordensverleihung. Die Kälte überfiel ihn, als wäre er in Eiswasser gesprungen. Hannes hatte das Gefühl, das sein Lungenautomat nicht genügend Atemluft zur Verfügung stellte. Die Atemgeräusche hallten wie Peitschenschläge in seinem Kopf. Panik kroch seine Brust hinauf. Hannes schloss sie Augen. Allmählich bekam er seine Atmung wieder unter Kontrolle. Er musste wieder nach oben. Als er wieder an Deck stand, konnte er seine Verfassung nicht verheimlichen.

„Was ist passiert?" Julia sah in mit ängstlichen Augen an. „Geht es dir gut?"

Amaniel nahm ihm die Flaschen ab. „Gibt es da unten Munition?"

Gudrun sagte „Hast du das Schiff gefunden? Sind die Platten an Bord?"

Hannes schloss die Augen und versuchtes die Schatten der Vergangenheit abzuschütteln. „Das Schiff ist da unten. Ich war aber noch nicht drin. Daher kann ich nicht sagen, ob es Munition gibt. Die Platten habe daher auch nicht gesehen."

„Welche Platten?" wollte Amaniel wissen.

„Es gibt kleine Platten, oder Schilder von der Bauwerft. Die habe ich gesucht." log Hannes schnell. Ob es Amaniel überzeugte, vermochte Hannes nicht zu sagen. Als Gudrun in daraufhin fragend ansah, blickte er sie eindringlich an. Sie verstand. Etwas später saßen alle vier unter einem Sonnensegel auf dem Achterdeck und Hannes berichtete von seinen Beobachtungen. Einen zweiten Tauchgang wollte Hannes noch wagen. Er hoffte, dass es dieses Mal ohne einen Panikschub abging. Den anderen hatte er nichts davon erzählt, was ihm auf dem ersten Tauchgang zugestoßen war. Gegen kleines Geld war in Freiburg in einem Copy Shop eine Kopie des Plans entstanden, den er vom alten Herrn Lühring bekommen hatte. Diesen hatte er nun vor sich ausgebreitet und verglich ihn mit den Filmaufnahmen, die er während seines Tauchgangs gemacht hatte. Die beiden Frauen, standen hinter ihm und sahen sich auf dem Laptop Monitor die Filmaufnahmen an.

„Hier muss ich hinunter ins Innere des Schiffes. Von dort aus ist der Weg hinab in den Laderaum am kürzesten." Hannes deutete auf einen Niedergang auf dem Plan und zeichnete mit dem Finger den Weg nach, den er tauchend nehmen musste, um da hin zu gelangen, wo er die Kiste mit den Steintafeln vermutete. „Schaut", Hannes deutete auf den Bildschirm. „das ist der Niedergang." Man blickte vom Monitor zum Plan und wieder zurück.

„Stimmt." sagte Gudrun. „Da drin ist es aber sehr dunkel. Ist das nicht gruselig."

Hannes lief ein Schauer über den Rücken, wenn er daran dachte. Er sagte aber „Ach was, ich habe eine starke Lampe. Mit der ist es taghell im inneren des Schiffes."

Julia zog ihre Stirn kraus „Verarschen kann ich mich alleine. Das ist total dunkel da drin. Also wirklich."

„Mache dir keine Sorgen Schatz. Ich mache das nicht zum ersten Mal."

„Ich mache mir aber Sorgen." Julia setzte einen resoluten Gesichtsausdruck auf.

„Passe bloß auf dich auf, wenn du da rein tauchst." pflichtete Gudrun Julia bei. Hannes durchlief auf diese Worte hin ein wohliges Gefühl. Ein Lächeln schlich sich auf sein Gesicht.

„Ja, das mache ich. Wie gesagt, ich tauche nicht das erste Mal in ein gesunkenes Schiff. Ich habe die Pläne studiert und werde mich mit Sicherheit im Wrack zu Recht findet. Jetzt muss ich mich aber für den nächsten Tauchgang fertig machen."

Genau wie beim ersten Mal half Amaniel Hannes beim Anlegen der Flaschen und beim Check der Ausrüstung.

Kurz darauf umfing Hannes wieder die zunehmende Dunkelheit. Das Wrack war jetzt, da er seine Lage kannte bald erreicht. Er schwebte einen Augenblick über dem Heck, dann glitt er langsam über das Deck, bis er jene Stelle erreicht hatte, an welcher er die Öffnung ins Innere des Schiffes wähnte. Da war sie. Ein schwarzer Schlund, der ihn zu verschlucken drohte. Vorsichtig glitt er zum Rand des Niedergangs. Hannes schaltete die Lampe ein und startete die Filmaufnahme. Senkrecht führte eine schmale, stählerne Treppe ins Dunkel. Kurz hielt er inne, dann zog er sich langsam am Treppengeländer nach unten. Der Lichtkegel seiner Lampe reichte gerade einmal zwei Meter weit. Kleine Fische flitzten fluchtartig davon. Vor ihm tauchte ein Schott aus dem Dunkel auf. Er rief sich den Plan ins Gedächtnis. Er musste sich nach rechts wenden. Dann wieder eine Treppe hinunter. Ein größerer Raum öffnete sich vor ihnen. Auf der nach oben geneigten Seite war dieser seltsam leer. Auf der anderen Seite war kaum ein Durchkommen. Das Ladegut war Steuerbord gerutscht. Die Kiste die er suchte, konnte hier überall sein. Ich muss systematisch vorgehen, dachte Hannes. Die Ladung war im Lauf der Jahre in sich zusammen gesackt und von einer dünnen Sedimentschicht bedeckt. Daher sah im Licht seiner Lampe fast alles gleich aus. Noch zehn

Minuten dachte Hannes. Die Kiste die er suchte war etwa einen Meter vierzig lang und sowohl achtzig Zentimeter breit und hoch. Das wurde jetzt zu einer wirklichen Herausforderung. Das Holz der Kisten war nach all der Zeit verrottet und das Ladegut daher wild verstreut. Noch fünf Minuten. Hannes machte sich auf den Rückweg. Was war das? Ein Fisch? Sein Herz setzte für einen Moment aus. Ein Hai. Ein Riesending. Der Kopf mit dem leicht geöffneten Maul pendelte hin und her. Die dreieckigen Zähne darin, wirkten wie ein gelblich weißes Sägeblatt. Hannes' Puls raste. Was lag da? War das so etwas wie eine Eisenstange? Hannes griff danach und schwang das Eisen durchs Wasser. Das Ende traf den Hai an der Seite. Dieser zuckte und verschwand so schnell wie er gekommen war in der Dunkelheit. Hannes' Puls war bei zweihundert. Er saugte die Luft aus dem Lungenautomaten. Da war die Treppe. Jetzt nach links und dann die zweite Treppe. Er fand das Geländer und zog sich nach oben. Er hielt in seiner Bewegung inne. Bevor Hannes aus dem Schiff heraus tauchte, musste er die Lage sondieren. Vorsichtig spähte er über das Deck. Nichts, kein Hai. Mit einer schnellen Bewegung schob Hannes sich aus dem Rumpf. Wie er es gelernt hatte tauchte Hannes, sich um die eigene Achse drehend dem Licht entgegen nach oben. Sein Herz hämmerte nach der unerwarteten Begegnung mit dem Hai gegen seine Brust. Was war das? Der Hai? Da unten in der Dunkelheit war etwas, etwas Längliches. Gleich war er an der Wasseroberfläche. Seltsam. Komischer Hai dachte Hannes noch. Dann durchbrach sein Kopf die Wasseroberfläche.

„Hast du was gefunden?" wollte Gudrun wissen, nachdem Hannes an Bord die Maske abgenommen hatte.

„Na ja, wie man es nimmt." Hannes berichtete von der Ladung, vom Durcheinander unter Deck und zum Schluss auch von dem Hai. Wobei er geflissentlich verschwieg, wo er diesen getroffen hatte.

„Was ist denn Paps, was überlegst du?" wollte Julia nach einem Moment des Schweigens wissen. „Du schaust so nachdenklich."

Hannes stand auf und ging an die Reling. Er blickte auf die Wasserfläche unter ihm. „Habt ihr hier einen anderen Taucher gesehen?"

„Was, wieso? Wie kommst du darauf?"

„Ich habe da was gesehen. Kurz bevor ich aufgetaucht bin."

„Ich dachte, das war ein Hai?" sagte Gudrun.

„Das war, als ich noch am Meeresgrund war. Ich dachte nur so." überlegte Hannes. Er meinte sich zu erinnern Luftblasen gesehen zu haben. Aber ein Hai der Luftblasen ausstieß? So ein Quatsch. Und wo sollte den da ein Taucher herkommen. Oh Mann, dachte Hannes, ich sollte nicht mehr tauchen. Ich sehe schon Gespenster. Tauchende Gespenster.

Gegen fünfzehn Uhr lichtete die Kokebnesh den Anker. Die Hitze forderte ihren Tribut. Alle waren völlig erledigt und so verabredete man sich um achtzehn Uhr an der Bar.

Wenn Hannes sich nicht den Wecker gestellt hätte, wäre er wohl nicht rechtzeitig zu Stelle gewesen. So saß er aber schon mit einem kühlen Bier und seinem Laptop vor sich an einer kleinen Sitzgruppe und betrachtete sich die Videoaufnahmen des zweiten Tauchgangs, als die Damen mit etwas Verspätung dazu kamen. Das Videoprogramm erlaubte es, die Aufnahmen etwas aufzuhellen. Jetzt sah das alles schon ganz anders aus. Was die moderne Technik alles ermöglichte. Jetzt konnte er viel besser ausmachen, um welche Art der Ladung es sich handelte. „Hi Paps, hast du auch etwas geschlafen?"

„Ja das habe ich. Es hat wirklich gut getan." Genau in diesem Augenblick stieß Gudrun einen spitzen Schrei aus. Alle schreckten zusammen.

„Ach du meine Güte. Was war das denn?" rief sie und deutete auf den Bildschirm. Hannes und Julia drehten ihre Köpfe in Richtung des Computers. Hannes hatte das Zoom seiner Kamera verwendet und jetzt sah es so aus, als wäre das Maul des Haies nur wenige Zentimeter von ihm entfernt.

„Ach das, das war nur der Hai."

„Nur der Hai? Sag mal spinnst du?" sagte seine Tochter erbost. „Der hätte dich fressen können."

„Na ja, nicht wirklich."

„Was soll das heißen? Kann man denn jemanden unwirklich fressen?"

„Der heißt, eigentlich bin ich zu groß für den. Der knabbert maximal an mir rum."

„Na super, Paps der Kartoffelchip."

„Reg dich wieder ab, mein Schatz. Er hat mir ja nichts

getan." Julia verschränkte die Arme vor der Brust und schmollte. Dann holte sie ihr Handy heraus und begann darauf her umzutippen.

Hannes stutze „Hast du hier etwa Empfang?"

„Ach Paps, manchmal bist du echt hinterm Mond. Die haben doch WLAN hier." Sie deutete hinter sich auf ein Schild auf dem stand, 'Free Wifi, You can get the code at the Reception Desk'.

Hannes verzog das Gesicht. „OK und wem schreibst du so eifrig?"

„Das ist nur Davi. Der möchte gerne wissen, wie wir vorankommen."

„Was meinst du mit vorankommen? Hast du diesem Typen gesagt, wonach wir suchen?"

„Dieser Typ heißt David und mit Nachnamen Lewald."

„Ich weiß wer das ist." Hannes schien sauer zu sein.

„Ich habe ihm gar nichts gesagt. Nur das wir hier her fahren und du dir das Wrack des Schiffes ansehen willst, dass du geerbt hast. Was ist denn so schlimm daran? Schließlich hat er für uns den Inhalt des Gefäßes untersucht. Und das ganz umsonst."

Hannes holte tief Luft. „Ist schon OK. Ich denke wir sollten keine schlafenden Hunde wecken."

„Aber Paps", sagte Julia mit beruhigendem Unterton. „Ich bin doch nicht blöd, auch wenn ich blond bin."

„OK." sagte Hannes und seufzte. Gudrun beugte sich von hinten zu ihm herunter und legte ihm einen Arm um die Schulter. Ihre Haare kitzelten seinen Hals. Ihr Parfum drang angenehm in seine Nase. „Wenn ihr das jetzt also geklärt habt, dann können wir uns vielleicht den Film zusammen ansehen?"

Hannes richtete seinen Blick nun wieder auf den Monitor. Auf der suchleiste des Videoplayers spulte er den Film bis an die Stelle zurück, als er in den Laderaum tauchte. Gebannt schauten sie alle gemeinsam auf das grau-grün, aus welchem hier und da Gegenstände auftauchten, wenn der Lichtkegel sie traf.

„Was ist das da?" Gudrun deutete auf eine Stelle auf dem Bildschirm. „Das sind doch rechteckige Konturen, oder?" Der Blick der geübten Archäologin, dachte Hannes und zoomte den Bereich heran. Er spulte zurück, bis Gudrun halt sagte. Etwas das aussah wie der obere Teil eines rechteckigen Gegenstandes war kurz zu sehen, als Hannes die Kamera darüber schwenkte. Das Standbild war ein wenig unscharf. Ein, zwei Frames weiter dachte Hannes und tippte mit der Maus auf die entsprechende Schaltfläche. „Stopp!" rief Julia „Sind das nicht Hieroglyphen?"

„Kannst du das noch weiter vergrößern?" wollte Gudrun wissen. Hannes zoomte weiter heran.

„Mist. Jetzt reicht die Auflösung nicht mehr. Ich kann gar nichts mehr erkennen. Es könnte aber sein." Hannes bewegte den Bildausschnitt. Da waren jede Menge Schutt und angefaulte Holzteile zu sehen. „Und hier, das könnten die Reste der Transportkiste sein." meinte Julia.

Ihr Arm lag immer noch um Hannes Schultern. Es war ein sehr angenehmes Gefühl und Hannes fühlte sich wohl. „Ich werde mir diese Stelle morgen noch einmal genauer ansehen. Lasst uns versuchen die Stelle auf dem Plan zu lokalisieren, damit ich nicht so lange suchen muss."

Sie waren gerade fertig geworden, als Amaniel auftauchte und auf sie zukam.

„Guten Abend, wie geht es ihnen? Ich hoffe sie konnten sich ein wenig erholen?"

„Oh ja, danke der Nachfrage." sagte Gudrun und richtete sich dabei auf, ohne die Hand von Hannes Schulter zu nehmen.

„Gefällt ihnen das Hotel."

„Ja sicher, es ist sehr schön."

Ich will sie nicht weiter stören aber ich würde gerne wissen, wann sie morgen früh aufbrechen wollen? Und was sie sehen wollen?"

Hannes blickte sich zu den Damen um. „Was meint ihr? Ich würde gerne nochmal zu dem Wrack tauchen wo wir heute waren und es weiter erkunden. Wäre das OK für euch?"

Gudrun und Julia steigen in das Spiel ein und Gudrun antwortete. „Ja klar, warum nicht. War doch schön da." Julia nickte zustimmend.

„Sie wollen wieder zum dem Schiff, zu dem gleichen Schiff?"

„Ja genau." antwortete Hannes.

„Aber ist das nicht langweilig für die Damen? Ich könnte ihnen einen wunderschönen Strand zeigen. Da könnten sie auch schwimmen." wendete sich der Guide an Julia und Gudrun.

„Ich bin lieber auf ihrem Boot, da gibt es Schatten und wenn ich ins Wasser will, geht das da ja auch." antwortete Julia und grinste."

„Und falls sie wegen der Munition beunruhigt sind", fuhr Hannes fort. „da kann ich sie beruhigen. Es gibt auf dem Schiff, soweit ich es bisher gesehen nichts was aussieht wie Munition."

Amaniel schien nicht wirklich beruhigt zu sein. „Was ist denn so interessant an diesem Schiff. Es gibt noch mehr Wracks, die ich ihnen auch gerne zeigen kann."

„Dieses hier ist aber noch völlig unberührt. Wahrscheinlich genau aus dem Grund, weil jeder Angst vor dieser Munition hat, die es aber gar nicht gibt."

Resigniert schüttelte der kleine Afrikaner den Kopf. „Wenn sie das wünschen, dann werden wir morgen also wieder zu der gleichen Stelle fahren."

„Prima." sagte Hannes, „Machen wir wieder zwei Tauchgänge. Ich denke sie holen uns wieder zur gleiche Zeit ab wie heute?" Hannes sah fragend in die Runde. Die Damen stimmten zu und so verabredete man sich für den nächsten Tag.

„Kommt wir schauen weiter den Film an." sagte Gudrun.

„Vielleicht sehen wir ja noch etwas Spannendes."

„OK, das machen wir. Aber nicht erschrecken, gleich kommt der Hai. Wollt ihr vielleicht noch etwas trinken?"

Kapitel 16

Hannes hatte schlecht geschlafen und einen wirren Traum gehabt. Er hatte im Traum versucht die Platten zu finden. Etwas matt stieg er daher am nächsten Morgen in den Neopren Anzug und ließ sich von Amaniel helfen sich fertig zu machen. Wie schon tags zuvor schlugen kurz darauf die Wellen über Hannes zusammen und er tauchte hinab zur Little Rosi. Er musste auf den Hai aufpassen. Gestern hatte er noch versucht den Hai zu identifizieren. Dazu verglich er die Bilder der Kamera mit Aufnahmen auf einer Haibestimmungsseite im Internet. Mit einiger Wahrscheinlichkeit handelte es sich bei seinem Freund um einen Sichelflossen-Zitronenhai. Das waren, wenn sie sich provoziert fühlten, aggressive Burschen. Nachtaktive Tiere, die tagsüber ruhten. Vielleicht hatte sich dieser ja Little Rosi als Ruheplätzchen auserkoren. Hannes dachte noch darüber nach wie der Hai wohl in den Rumpf gelangt war, als er das Schiff am Meeresboden ausmachte. Es dauerte nicht lange, bis er es erreicht und den Weg ins Innere gefunden hatte. Er schaltete die Kamera ein. Genau wie am Vortag taste sich Hannes von einem Raum in den nächsten. Heute fühlte er sich schon etwas sicherer, in Bezug auf die Orientierung. Der Hai war nicht zu sehen. Vielleicht hatte er sich, von Hannes aufgeschreckt, einen anderen Platz gesucht. Er musste trotzdem weiterhin sehr vorsichtig sein. Kurz darauf hatte er den Laderaum erreicht. Bevor er nach den Artefakten suchen wollte, hatte er sich vorgenommen zu prüfen, ob es nicht vielleicht doch einen ungewollten Besucher gab. Der Kegel seiner Lampe wanderte durch den Raum. Wie gestern flohen kleine Fische, vom Scheinwerferlicht aufgeschreckt. Der Hai war nicht zu sehen. Na gut, dachte Hannes und machte sich daran die Stelle zu suchen, an der sie glaubten rechteckige Objekte gesehen zu haben. Irgendwie sah das heute alles anders aus. Er konnte frische Spuren ausmachen. Wahrscheinlich hatte er mit seinen Flossen Sediment aufgewirbelt. Das ein oder andere Teil hatte er gestern vorsichtig bewegt, nicht zuletzt um zu sehen, ob es vielleicht doch irgendwelche Kisten mit Munition gab. Sein Tauchcomputer meldete sich. Hannes hatte noch zehn Minuten, dann musste er sich daran machen aufzutauchen. Er hatte zwei Tauchgänge bei 26 Meter Wassertiefe geplant. Beim ersten Tauchgang konnte er 35 Minuten bleiben und musste dann bei einer Tiefe von drei Metern sieben Minuten lang dekomprimieren. Der zweite Tauchgang konnte fünfeinhalb Stunden später beginnen. Bei diesem hatte er allerdings nur 30 Minuten Zeit, musste aber auf 3 Metern Wassertiefe 18 Minuten ausharren, damit sich kein schädlicher Stickstoff in seinem Blut bilden konnte. Hannes konzentrierte sich wieder darauf, den Bereich des Laderaums zu finden, den sie sich auf dem Monitor angesehen hatten und in welchem sie diesen rechteckigen Gegenstand gesehen hatten. War das nicht hier gewesen? Da er den Film technisch aufgehellt hatte, wirkte die Realität viel dunkler. So war es schwer, den Ort zu finden. Doch jetzt erinnerte sich Hannes an das was er vor sich sah. Er war nah, dran, sehr nah. Und da war es. Eine eckige Kontur tauchte auf wie ein Gegenstand aus dem Nebel, wenn ein Autoscheinwerfer darauf fällt. Er glitt heran. Das rechteckige Etwas, stellte sich allerdings als eine simple Metallkiste heraus. Mist, da haben wir uns wohl getäuscht. Aber diese Hieroglyphen, waren da nicht

Hieroglyphen auf diesem Gegenstand gewesen? Egal ich muss abbrechen. Er wendete sich ab, um auf den Ausgang zu schwimmen. Da sah er es. Eine Hieroglyphe. Abrupt hielt Hannes in der Bewegung inne. Doch das Bild das er gesehen hatte, war wieder aus dem Kreis seines Lichtkegels verschwunden. Wo war es. Hektisch schenkte er den Handscheinwerfer hin und her. Da war es wieder. Hannes Tauchcomputer piepte erneut. Er musste sofort raus. Er sah zu dem Punkt, auf dem der Lichtkegel ruhte. Da war ein Bild auf dem Boden. Kaum sichtbar, da es fast verdeckt unter eine dünnen Sedimentschicht lag. Verschwommen, wie eine mit Weichzeichner behandelte Fotografie, war es dennoch deutlich sichtbar. Es sah aus wie ein stehender Mann, der etwas in den Händen hielt. Mit der Hand wedelte er vorsichtig das Sediment zur Seite. Es kamen weitere Hieroglyphen zum Vorschein. Er zog die modrigen Holzteile zur Seite, die die den Gegenstand teilweise bedeckten zur Seite und legte diesen frei. Es waren zwei Platten, die nebeneinander lagen. Hannes konnte nicht viel mehr sehen. Das aufgewirbelte Sediment trübte die Sicht. Hannes tauchte näher heran, bis seine Maske den Stein beinahe berührte. Direkt vor ihm lag diejenige Tafel, die sein Onkel zerschmettert hatte. Eine Lücke klaffte in der Mitte der Platte direkt vor ihm. Sie markierte die Stelle, in die jenes Fragment passte, welches Hannes geerbt hatte. Und direkt vor ihm lag ein weiteres, größeres Bruchstück, das dem Anschein nach genau zu dem passte, welches er bereits besaß. Er wollte danach greifen, als der Tauchcomputer an seinem Handgelenk sich mit einem hektischen Piepen meldete. Hannes atmete tief ein. Da war wieder diese Kälte. Etwas Bedrohliches kroch ihm den Rücken hinauf. Hannes drückte auf den

Auslöser seiner Kamera, um ein Standbild zu bekommen. Dann griff er nach dem Bruchstück und steckte es in einen Beutel, den er an dem Gürtel seines Taucheranzugs mit sich führte. Jetzt aber raus hier, achte Hannes. War da ein Schatten. Bewegte sich da etwas? Der Hai. Scheiße, dachte Hannes. Reiße dich zusammen. Keine hektischen Bewegungen jetzt. Langsam und ohne sich umzublicken glitt Hannes auf den Ausgang des Laderaumes zu. Der Raum vor ihm wurde enger. Es handelte sich um einen schmalen Gang, an dessen Ende eine Treppe nach oben führte. Manchmal hat man so ein Gefühl, jeder kennt es, wenn jemand hinter einem steht. Man braucht sich nicht umzudrehen, man weiß dass da jemand ist. Genau dieses Gefühl hatte Hannes jetzt auch. Die Panik ergriff langsam Besitz von ihm. Sein Puls beschleunigte sich. Und wieder dieses kreischende Geräusch, wenn Hannes atmete. Es klang wie das zischen einer riesigen Schlange in seinen Ohren. War da noch ein anderes Geräusch, ein Rumpeln? Er spürte jetzt die Gegenwart direkt hinter ihm. Er stieß sich vom Boden ab schoss durch die Öffnung am oberen Ende der Treppe. Keine halbe Minute später hatte er das freie Wasser erreicht. Noch etwa zwanzig Meter musste er nach oben. Er schraubte sich empor. Kurz darauf entwich dem Tauchcomputer an seinem Handgelenk erneut ein Signalton. Er hatte die drei Meter Marke erreicht. Sieben Minuten Dekompression. Er starrte in die Tiefe. Das Klopfen seines Herzens dröhnte in seinem Schädel. War da ein Schatten unter ihm? Noch sechs Minuten. Vor Hannes Augen tauchte Fritz, sein zweiter Mann auf. Er schloss die Augen. Noch fünf Minuten. Er öffnete die Augen. Fritz trieb leblos im Wasser. Blut war in seiner Maske und waberte aus seinen Ohren. Er schüttelte den

Kopf. Weg mit den Dämonen. Noch vier Minuten. Ein Schatten unter ihm. Puls 180. Noch drei Minuten. Wenn er jetzt auftauchte, könnte er schlimme Schäden der Taucherkrankheit davon tragen. Beruhige dich, dachte Hannes. Noch zwei Minuten. Hannes Atmung beruhigte sich. Hannes drehte sich um die eigene Achse. Kein Schatten. Noch eine Minute. Wieder ein Schatten und da, war da nicht noch einer? Ganz ruhig, dachte Hannes. Er suchte die Dunkelheit unter sich ab und erschrak, als sein Arm erneut piepte. Er sah auf sein Handgelenk. Er konnte auftauchen, endlich.

Mühsam kletterte Hannes die Badeleiter empor und setzte sich erst einmal mit dem Rücken zum Boot gewandt auf die Deckskante. Amaniel nahm ihm die Flaschen vom Rücken. Hannes saß dort bestimmt zwei Minuten lang, ohne sich zu regen und sah auf die glitzernde Wasserfläche vor ihm. Alles wirkte freundlich, hell und überhaupt nicht mehr bedrohlich. Hannes stutze, Luftblasen stiegen an die Wasseroberfläche und platzen. Ein letztes Mal schloss Hannes die Augen, um die Erinnerungen der Vergangenheit loszuwerden. Er öffnete die Augen, die Luftblasen waren verschwunden.

Ein wenig zittrig stand Hannes kurz darauf an Deck. Amaniel war mit den Flaschen nach vorne gegangen, um diese mit Süßwasser abzuspülen. Als Hannes sicher war, das der Guide ihn nicht sehen konnte, nahm er den schwarzen Beutel mit dem Steinfragment vom Gürtel ab und steckte ihn kurzerhand in die Reisetasche mit seiner Wechselwäsche, die er mit an Bord gebracht hatte.

Als Amaniel zurückkam, streifte Hannes gerade seinen

Anzug ab und Gudrun fragte „Und wie war es? Hast du wieder einen Hai gefilmt? Und gab es etwas Interessantes zu sehen?"

„Den Hai habe ich nicht gesehen, aber ich glaube er war da. Jedenfalls hatte ich das Gefühl, das ich da unten nicht alleine war."

„Magst du etwas trinken Paps?" Julia reichte ihrem Vater ein Glas mit einem eisgekühlten Getränk.

Das tat gut. So wie sich das Glas leerte, verschwand das dumpfe Gefühl der Angst. Gudrun wiederholte ihre Frage „Gab es denn nun etwas interessantes zu sehen?"

Hannes wusste natürlich genau wohin diese Frage zielte.

„Es war wirklich toll. Es war genauso wie ich es mir vorgestellt habe, alles an seinem Platz." Er tätschelte seine Kamera. „Alles hier drauf. Wir können uns das später in Ruhe ansehen. Jetzt habe ich aber einen Mordshunger." An Amaniel gewandt fügte er hinzu „Was hat uns das Hotel denn heute als Lunchpaket mitgegeben?"

Ein breites Grinsen legte die Zähne des Afrikaners frei „Fisch gibt es heute. Mit Gemüse und Reis. Und zum Nachtisch frisches Obst. Ich habe den Ofen schon angemacht. Das Essen ist bald warm. Ich denke in zehn Minuten steht das Essen bereit." Sprach es, drehte sich um und verschwand im Boot.

„Und, hast es wirklich gefunden?" Julia war ganz aufgeregt.

Hannes blickte sich um. Er wollte sicher gehen das Amaniel nichts hörte. „Nicht so laut." Sagte er flüsternd. Julia die sich ertappt fühlte zog unwillkürlich ein wenig den Kopf ein. „Ja ich habe etwas gefunden. Es sind zwei Tafeln. Eine davon kaputt und in mehrere Teile gebrochen, die andere völlig in Takt. Ich habe ein Stück mitgebracht. Es ist jetzt in meiner Tasche. Wir können es uns heute Abend im Hotel in Ruhe ansehen. Soweit ich es derzeit beurteilen kann, passt es genau zu dem Teil, das ich schon habe. Eine Filmaufnahme und ein Standfoto habe ich auch gemacht. Wartet mal." Hannes schaltete die Kamera ein und aktivierte den Wiedergabe Modus. Er spulte ein wenig zurück. „Schaut hier sieht man die Tafeln." Gudrun beugte sich näher heran und kniff die Augen zusammen.

„Viel sehen kann ich nicht. Warum ist das Wasser denn plötzlich so trübe. Die Aufnahmen die du gestern gemacht hast, waren viel klarer."

„Ich musste das Sediment entfernen, um zu sehen ob es auch wirklich die Tafeln sind. Dadurch wurde das Wasser aufgewirbelt. Aber man sieht es, denke ich, trotzdem ganz gut." Hannes wechselte zu den gespeicherten Aufnahmen und suchte diejenigen die er von den Tafeln machen konnte. „Hm, das ist auch nicht deutlicher. Wenn ich nachher noch einmal runter gehe, ist das Wasser sicher wieder klar und werde so viele Fotos wie möglich machen. Das müsste als Beweis doch reichen."

„Ja willst du die Tafeln denn nicht bergen?" Gudrun schien erstaunt.

„Nein, eigentlich nicht. Erstens bekomme ich die Biester

nur schwer aus dem Schiff heraus und zweitens, wie sollen wir sie denn außer Landes schaffen?"

„Jetzt stellst du dich aber an. Es gibt immer Mittel und Wege. Das Bergen der Tafeln aus dem Schiff, dürfte doch kein Problem sein. So schwer sind sie doch gar nicht. Und schon gar nicht unter Wasser. Und um sie außer Landes zu schaffen kann ich meine Beziehungen an der Uni spielen lassen."

Hannes sah zu ihr auf. „Ich jedenfalls werde die Tafeln nicht aus dem Wrack bergen. So einfach wie du dir das vorstellst ist das nicht."

„Dann eben nicht." sagte Gudrun und Hannes wurde das Gefühl nicht los, das die Professorin ein wenig eingeschnappt war. „Ist ja auch nicht wichtig." ergänzte sie noch schnell. Hatte sie Hannes Unmut gespürt?

„Achtung" flüsterte Julia „Amaniel kommt zurück."

„Essen ist fertig." lies dieser seine Gäste lächelnd wissen. „Ich habe in der Kabine eingedeckt. Ich hoffe sie haben alle ein wenig Hunger?"

„Ja, Hunger wie ein Löwe." bekam er zur Antwort.

Nach einer Mittagspause, die Hannes und seine Begleiterinnen vor sich hin dösend, auf den Liegestühlen an Deck verbracht hatten, machte sich Hannes zu seinem letzten Tauchgang für heute fertig. Morgen würde er dann eine Inselbesichtigung vorschlagen. Vom Tauchen hatte er erst einmal genug. Außerdem, wenn er genügend Fotos hätte, dann könnte man mit dem Stück, das er bereits geborgen hatte sicher den Nachweis führen, dass es sich um dasselbe Ausgangsmaterial handelte und man könnte feststellen, was in Gänze auf den Tafeln geschrieben stand. Sollte es sich um die zehn Gebote handeln, wäre doch eigentlich alles klar. Man könnte die Tafeln dann einfach dort belassen, wo sie die letzten vierzig Jahre gelegen hatten.

Alle Sicherheitschecks waren gemacht. Hannes hatte die Batterien im Scheinwerfer und in der Kamera gewechselt. Zum Zeichen das er bereit war hob der den behandschuhten Daumen. Mit einem Platsch verschwand er in den Fluten. Die Damen zogen sich zurück, um zu warteten bis Hannes wieder an der Wasseroberfläche erschien.

Dieser hatte bereits beim zweiten Tauchgang eine Boje gesetzt, die das Wrack markierte. Jetzt glitt daran entlang und fand Little Rosi daher auf direktem Wege. Bevor er sich ins Innere des Wracks begab, drehte er noch eine Runde über das Deck. Keine Fische da, kein Hai und auch keine Luftblasen. Alles soweit in Ordnung. Den Weg in den Laderaum ‚seines' Schiffes kannte bereits gut und er stellte sich mit ein wenig Wehmut vor, wie es wohl wäre, wenn man Little Rosi heben, in Stand setzten und wieder in Fahrt bringen würde. Jedoch verwarf er den Gedanken sofort wieder, denn sein Erbe würde auch nicht im Geringsten dafür reichen. Vermutlich wäre nicht einmal das bloße Heben des Schiffes finanzierbar. Egal, dachte er. Was sollte ich auch mit einem Schiff wie der Little Rosi anfangen. Hannes erreichte den Ort, an welchem er die steinernen Tafeln zuvor gesehen hatte. Das Wasser war klar. Seine Vermutung hatte sich also als richtig erwiesen. Im Licht des Scheinwerfers konnte er fein gearbeitete

Hieroglyphen sehen. Damit er ein besseres Foto bekam, schob er die Teile der beschädigten Tafeln so zusammen, dass diese nun wieder ein einheitliches Bild bot. Dabei ging Hannes sehr behutsam vor, damit er nicht wieder Sediment aufwirbelte. Jetzt konnte er die Fotos schießen. Irgendwie sah alles nicht so gut aus, als er die Kontrollbilder auf dem kleinen Monitor seiner Kamera betrachtete. Er musste die Szene besser ausleuchten. Er suchte und fand schließlich ein Plätzchen, an dem er seinen Scheinwerfer so einklemmen und ausrichten konnte, dass die Szenerie gleichmäßig beleuchtet war.

Aus verschiedenen Winkeln und Abständen lichtete er die Tafeln ab. Mal in der Totalen, mal im Detail. Dann quasi Zeile für Zeile. Bei der beschädigten Platte stellte er sich vor, wie er die beiden Bruchstücke mit einem Bildbearbeitungsprogramm hinein montieren würde. Als er fertig war überlegte er, dass er noch weitere Aufnahmen vom Inneren des Schiffes machen könnte. Und zwar von den Stellen die er noch nicht so richtig erforscht hatte.

Von außen gab es reichlich Bild- und Filmmaterial. Man könnte sicher ein prima Fotoalbum, oder eins dieser Fotobücher, die im Internet für kleines Geld zu bekommen waren, daraus machen. Er tauchte also hinüber zu der anderen Seite des Laderaums, der ihm so seltsam leer erschienen war, nachdem die ganze Ladung der Schwerkraft folgend auf die Steuerbordseite gerutscht war. Da war eine stählerne Trennwand, die leicht mit grünlichen Algen bewachsen aber ansonsten in Takt erschien. Sie nahm ihm die Sicht auf das was dahinter lag. Er erschrak fürchterlich.

Zwei Augen hinter einer Tauchermaske erschienen im Lichtkegel. Vor Erstaunen und wohl auch Erschrecken waren sie weit aufgerissen. Ein blonder Haarkranz schwebte über dem Kopf. Hannes hielt inne. Er leuchtete sein gegenüber an. Der Lichtkegel wanderte an seinem Gegenüber hinunter. Der Mann, soviel konnte Hannes sehen, hielt etwas in der rechten Hand. War das eine Harpune? Der Mann hob sie drohend an und bedeutete Hannes den Weg frei zu machen. Komisch dachte Hannes. Im Anblick einer realen Gefahr, verspürte er keine Angst. Warum eigentlich nicht. Wie die Schlange um das Kaninchen kreiste der andere Taucher um Hannes. Offensichtlich hatte dieser vor, den Ausgang zu erreichen. Was machte der Mann hier? Was hatte er vor? Hannes hielt nach wie vor den Scheinwerfer auf seinen Widersacher gerichtet. Dieser drehte sich immer noch um ihn herum und hatte fast den Ausgang nach oben erreicht, als Hannes das Blut in den Adern gefror.

Im diffusen Licht seines Scheinwerfers pendelte etwas bedrohlich Bekanntes hinter seinem Gegner hin und her. Die blitzenden Zahnreihen des Haies reflektierten funkelnd das Licht der Taucherlampe. Hannes schätze das Tier auf etwa drei Meter Länge. Er gestikulierte wild und deutete in die entsprechende Richtung. Er meinte die Miene des anderen durch die Maske hindurch deuten zu können. Er glaubte ihm nicht und hielt das Ganze für einen Trick. Aber auch wilde, panische Angst spiegelte sich darin. Verdammt, was sollte tun. Mit beiden Händen deutete er nun auf einen Punkt hinter dem anderen Taucher. Das war ein Fehler. Denn dieser deutete das wohl als einen Angriff. Mit einer hektischen Bewegung riss er seinen Arm hoch und zielte nun mit der Harpune auf

Hannes, der wie erstarrt in seiner Bewegung inne hielt.

Der Hai drehte seinen Rumpf ruckartig um 90 Grad zur Seite, riss sein Maul auf, schoss nach vorne und schnappte zu. Die Kiefer schlossen sich in Höhe des Halses mit der Gewalt einer Eisenpresse. Hannes meinte Knochen knacken zu hören. Blut färbte das Wasser. Sein gegenüber ließ die Harpune fallen. Mit dem Lichtstrahl versuchte Hannes die Augen des Tieres zu treffen. Es funktionierte. Durch das direkte, helle Licht irritiert, ließ der Fisch von seinem Opfer ab, machte kehrt und verschwand in der Dunkelheit des Ganges hinter ihm. Mit einer Hand schnappte Hannes sich die Harpune. Wo war der verdammte Hai? Hannes leuchtete in den Gang. Genau diesen musste er nehmen, um aus dem Schiff zu kommen. Nichts zu sehen. Der Taucher war auf den Boden gesunken und wirkte leblos. Hannes kam sich vor, als wäre er der Hauptdarsteller in einem Horrorfilm. Sein Magen verknotete sich unterhalb seines Bauchnabels. Sein Tauchcomputer piepte. Schieße dachte Hannes, wieso genau jetzt. Er musste auftauchen. Er griff nach dem Kragen der Tarierweste und zerrte den Mann hinter sich her. Mit der Lampe den Weg vor sich ableuchtend, die Harpune mit ihrer Sicherheitsschlinge am Arm baumelnd, kämpfte er sich durch das Wrack. Wieder ein akustisches Warnsignal. Im wahrsten Sinne des Wortes sah er kurz darauf das Licht am Ende des Tunnels. Es waren vielleicht noch zwei Meter bis er freies Wasser erreicht hatte, als der Kopf des Raubfisches erneut in der Decksöffnung auftauchte. Hannes musste nur noch die Treppe überwinden, dann waren sie draußen. Das Blut zog die Bestie magisch an. Von seiner Gier danach getrieben, preschte der Hai mit aufgerissenem Maul heran. Hannes hatte nur eine einzige Chance. Er durfte ihn nicht verfehlen. Er hob den Arm und feuerte. Der Pfeil der Druckluftharpune schoss aus dem Lauf und verschwand im aufgerissenen Maul des Fisches, der mitten in der Bewegung in wildes Zucken geriet. Hannes konnte sich gerade noch zur Seite und aus der Bahn des Angreifers neigen, als der Hai an ihm vorbei schoss. Mit einer fließenden Bewegung zog sich Hannes am Geländer der Treppe nach oben. Den Taucher zog er mit sich.

Er hatte das freie Wasser erreicht. Jahre langer Drill hatte etwas für sich. Trotz der beinahe lähmenden Angst, war der Hai tot, kam er wieder, drehte Hannes am Ventil der Tarierweste. Luft strömte zischend in die Weste und trug die beiden Taucher nach oben. Kurz bevor sie die drei Meter Marke erreicht hatten, ließ Hannes etwas Luft aus der Weste entweichen. Laut den Angaben seines Tauchcomputer musste er dieses Mal 18 Minuten ausharren. Das war eben so, wenn man an einem Tag zwei Mal in solch eine Tiefe tauchte. Auf drei Meter Wassertiefe war es bereits sehr hell. Hannes hob den Kopf des anderen Mannes an und blickte in zwei tote Augen. Der Hai hatte ihm wahrscheinlich das Genick gebrochen. Hannes drehte am Ventil der Weste des Toten. Die Taucherkrankheit konnte diesem jetzt nichts mehr anhaben. Er sah zu wie sein Widersacher langsam zur Wasseroberfläche aufstieg. Hannes allerdings musste noch eine ganze Zeit lang warten. An der Wasseroberfläche tat sich etwas. Er konnte ein Boot ausmachen. Wahrscheinlich das Beiboot der Kokebnesh, dachte Hannes. Er sah das Schraubenwasser des Außenborders von unten. Das Boot stoppte genau neben, dem Körper des anderen Tauchers. Ach du Scheiße dachte Hannes, was habe ich nur gemacht. Erst jetzt wurde ihm klar, was er getan hatte. Doch es war zu spät. Der Schaden war angerichtet. Warum hatte er nicht nachgedacht, bevor er gehandelt hatte. Die da oben musste einen riesigen Schock bekommen haben, als der andere Taucher an der Wasserfläche erschien und sich nicht mehr rührte. Vielleicht hatten sie auch das Blut gesehen. Er jedenfalls sah es, als nun nach oben blickte. Es umgab den anderen wie ein Umhang. Julia war bestimmt verrückt vor Angst. Der Körper wurde ins Boot gezogen. Der Motor wurde gestartet und das Boot fuhr zur Kokebnesh zurück. Einige Minuten später kam es wieder. Etwas tauchte ins Wasser. Hannes erkannte es sofort. Es war ein sogenannter Glasbodenkasten zur Beobachtung von Fischen oder Korallen in Flachwasserbereichen. Ein Gesicht erschien darüber. Hannes erkannte es nicht. Der Kasten wurde hin und her bewegt. Vermutlich suchte man nach ihm. Er jedoch saß hier noch für einige Minuten fest. So ein Mist. Er winkte nach oben. Die Bewegungen hörten auf. Es sah so aus, als hätte man ihn da oben ausgemacht. Hannes streckte den Arm aus und gab das bei Tauchern übliche Zeichen dafür dass alles in Ordnung war. Dann hob er drei Mal die Hand mit fünf ausgestreckten Fingern und daraufhin das Zeichen für Auftauchen. Er hoffte dass der da oben verstanden hatte, was Hannes damit zum Ausdruck bringen wollte. Das Beiboot fuhr davon. Genau fünfzehn Minuten später tauchte Hannes exakt neben der Kokebnesh wieder auf.

„Gott sei Dank!" rief Julia. „Geht es dir gut? Bist du verletzt?"

„Alles in Ordnung!" rief Hannes hinauf. „Lasse mich erst einmal an Bord kommen, dann erzähle ich euch alles."

Kaum hatte Hannes das Deck betreten, als ihn Julia quasi überfiel. „Paps, er ist tot."

„Ja, das weiß ich. Ich habe das auch gesehen, als er noch mit mir unter Wasser war."

„Davi ist tot. Ich verstehe gar nichts mehr. Wieso? Was hat er hier gemacht?"

Hatte Hannes das jetzt richtig verstanden? „Davi? Dieser Doktorand?"

„Ja, genau der." Julia schüttelte den Kopf. „Ich verstehe das nicht. Woher wusste er denn wo wir genau sind?"

„Hast du es ihm denn nicht gesagt?"

„Nein habe ich nicht. Wieso sollte ich?"

„Aber ich habe es ihm gesagt." Hannes und Julia drehten sich zu Gudrun um.

„Was hast du?" Hannes sah Gudrun verständnislos an.

„Ich habe David Lewald gesagt, wo wir sind."

„Warum denn?" wollte Hannes wissen.

„Weil ich es mir schon fast gedacht habe, das du vielleicht am Ende doch kneifst."

„Was? Was sagst du denn da?"

„Gib mir das was du in deiner Reisetasche hast." Gudruns Stimme war plötzlich kalt und schneidend.

„Sag mal spinnst du? Was ist denn los mit dir?"

„Du bist wirklich naiv." bekam er von Gudrun zur Antwort „Glaubst du wirklich, ich gebe mich mit jemandem wie dir ab? Einfach so. Sicher nicht."

Hannes machte ein schnaubendes Geräusch. „Schon klar. Der dumme kleine Angestellte, was? Ich dachte mir so etwas schon."

„Hast du nicht."

„Hat er doch." ging Julia dazwischen. „Er wollte es zwar nicht wahr haben, dafür glaubt er zu sehr an das Gute im Menschen, aber er hat es vermutet. Jedenfalls hat er mir das einmal gesagt. Was willst du eigentlich?"

„Was wohl? Du bist genau so blöd wie dein Vater. Das ist doch klar. Die Archäologin, die die echten zehn Gebote findet, kannst du dir vorstellen was das in der Wissensschaflichten Welt bedeutet? Da kommt plötzlich ein Kollege auf mich zu und gibt mir ein Fragment zur historischen Einschätzung. Da hatte ich noch überhaupt keine Idee, um was es sich handeln könnte. Erst ganz allmählich erschloss sich mir, wohl genau wie euch, was es mit dem Fragment auf sich hatte. Aber ich wollte auf Nummer sicher gehen. Und als du, Julia, mir von dem Doktoranden erzähltest, der die biologische Analyse gemacht hatte, war mir klar, dass ich mit David Kontakt aufnehmen würde. Er wiederum hatte zwar nicht geahnt, was er da hatte, war aber sofort Feuer und Flamme, als ich ihm klar machte, was ich vermutete. Als er mir dann noch sagte, dass er Hobbytaucher sei, schlug ich ihm vor mitzukommen. Ich bat ihn, dich zu beobachten und herauszufinden, wo die Platten sind. Und falls du sie nicht finden würdest, sollte er sie suchen."

„Tolle Idee, wirklich. Und jetzt ist er tot!"

„Das, das ist nicht meine Schuld." sagte Gudrun wütend.

„Das habe ich auch nicht gesagt." bekam sie von Hannes zur Antwort.

„Was ist eigentlich passiert."

Hannes berichtete nun was geschehen war. Gudrun schien das nicht sehr zu beeindrucken. „Gib mir das Fragment. Du kannst doch überhaupt nichts damit anfangen. Für mich bedeutet es alles. Es ist mein Durchbruch." Ihre Augen glänzten vor Begeisterung. „Wenn ich den Nachweis erbringe, das es sich um die Tafeln handelt die Moses selbst von Gott erhalten haben könnte, bezahlt die Universität eine Expedition, um die die Tafeln zu bergen."

„Vergiss es. Gar nichts bekommst du." sagte Hannes und Verachtung lag in seiner Stimme.

„Wenn du es mir nicht freiwillig gibst, dann bekomme ich es auf anderem Wege."

„Und wie?" Auch Julias Stimme war nicht von Freundlichkeit geprägt.

„Ich brauche nur die Eritreische Antikenverwaltung anzurufen und das war es dann für dich. Du nimmst dann mit Sicherheit dieses Artefakt nicht mit nach Deutschland. Wenn ich allerdings über die Uni Kontakt zu dieser Einrichtung aufnehme, bekomme ich sie mit absoluter Sicherheit."

„So glaubst du das? Wir können es ja darauf ankommen lassen."

„Jetzt gib hier mal nicht den enttäuschten Lover. Du hast keine Chance. Gib mir das Teil und ich verspreche dir, du bekommst es zurück, wenn ich alle Untersuchungen abgeschlossen habe."

Hannes lachte freudlos auf. „Also wirklich, du musst mich ja für total dämlich halten."

„Jetzt hört doch endlich auf zu streiten." unterbrach Julia die beiden. „Ich jedenfalls bin sehr enttäuscht von dir Gudrun. Du hast meinen Vater dermaßen verarscht, nur um an diese blöden Steintafeln zu kommen. Du bist wirklich das Letzte."

Plötzlich war ein Platschen zu hören. Alle drehten sich um und sahen aufs Wasser hinunter. Amaniel hatte sich einen Taucheranzug angelegt und war ins Meer gesprungen.

Gudrun stürze zur Reling und sagte aufgeregt „Was soll das denn jetzt schon wieder? Will er jetzt die Tafeln auf eigen Faust bergen?"

„Woher soll ich das wissen. Kann ich mir ehrlich gesagt nicht wirklich vorstellen. So einfach ist das nicht, das habe ich dir ja schon gesagt."

„Ach du." Gudrun spie ihm die Worte entgegen. „Du jedenfalls hast es bisher ja nicht fertig gebracht zwei lächerliche Steintafeln nach oben zu bringen. Mal sehen, was Amaniel fertig bringt."

Hannes schwieg. Er war zu tiefst getroffen. Was für eine menschliche Enttäuschung. Julia ergriff seinen Arm und drückte ihn zärtlich.

Es dauerte nicht lange und Amaniel tauchte wieder auf. Er schien sich zu beeilen wieder an Bord zu kommen. Kaum war er an Deck sagte er. „Keiner von ihnen bekommt die Tafeln mit den Gesetzen des Herren." Er sah auf seine Uhr.

„Ach was." Gudruns Stimme triefte vor Verachtung. „Und das bestimmt so ein keiner Fremdenführer wie sie."

„Ja ganz genau. Sie sind kein guter Mensch. Eine schöne Frau, aber ein schlechter Mensch."

Gudrun verdrehte genervt die Augen. „Ich glaube sie überschätzen sich." sagte sie.

Amaniel lächelte. „Und sie Frau Professor sollten einen ehemaligen Marineoffizier nicht unterschätzen." Amaniel sah auf seine Uhr und hob die Hand. Dann senkte er in einer schnellen Bewegung die Hand. Ein Ruck durchfuhr das Schiff, gefolgt von einer Bewegung auf dem Wasser, das für den Bruchteil einer Sekunde aussah. Als wäre es eingefroren. Dann ertönte das Geräusch einer Detonation, gefolgt von einer Wassersäule die neben dem Boot aus dem Wasser stieg.

Gudrun riss die Augen auf. „Was haben sie getan?"

Hannes lachte auf. „Er hat dafür gesorgt, dass du die Steintafeln nicht bekommst. Er hat sie einfach in die Luft gesprengt. Echt super Amaniel. Sie sind wirklich Klasse."

„Aber du bekommst sie jetzt auch nicht." geiferte Gudrun.

„Mag sein, aber ich brauche sie ja auch nicht."

„Ihr seid zwei absolute Vollidioten." Gudrun drehte sich um und verschwand wutentbrannt im Aufbau des Bootes.

Auf der Rückfahrt zum Hotel erzählte Hannes Amaniel von seinem Erbe. Und Amaniel erzählte Hannes im Gegenzug, das er zum 'Fischen' Dynamit an Bord hatte. Sie unterhielten sich noch eine ganze Zeit lang, sozusagen von Marineoffizier zu Marineoffizier. Als sie das Ressort erreicht hatten, ging Hannes lächelnd von Bord.

Epilog

Drei Tage, hatte man sie festgehalten. Mit dem Bus waren sie in die Hauptstadt, nach Asmara gebracht worden. In der deutschen Botschaft teilte man ihnen mit, dass es eine Untersuchung zum Tod von David Lewald geben würde. Sie hatten das das Land erst verlassen dürfen, nachdem es eine amtliche Bestätigung gab, dass es sich um einen Unfalltod durch einen Haiangriff handelte. Die deutsche Botschaft hatte für sie Zimmer im Inter-Continental Hotel gebucht. Der Anlass war zwar alles andere als schön, aber dennoch machten Hannes und Julia das Beste daraus.

Gudrun hingegen kam nicht aus ihrem Zimmer heraus und buchte am Ende sogar ihren Rückflug um, damit sie nicht zusammen reisen mussten. Bei der Ausreise wurden sie strengsten kontrolliert, da Gudrun tatsächlich bei der Antikenverwaltung angerufen hatte. Wenn Hannes an die Professorin dachte, versetzte es ihm jedes Mal einen Stich. Schlussendlich schob er es darauf, dass sie aus zwei verschiedenen Welten stammten. Selbst wenn das nicht wirklich stimmte, gab es Hannes das Gefühl nicht völlig versagt zu haben.

Trotzdem hatte sich ein leichter Schatten auf sein Gemüt gelegt. Julia versuchte nach Kräften ihn aufzuheitern, wenn sie das Gefühl hatte, dass ihr Vater dies benötigte.

Sie hatte herausgefunden, dass Gudruns kurz davor stand ihren Lehrstuhl zu verlieren. Man hatte ihr Betrügereien vorgeworfen. Etwa in der Art, das sie Grabungsergebnis anderer für sich selbst reklamierte, oder zweifelhafte Artefakte für echt erklärte, nur um in der Wissensschaflichten Welt Anerkennung zu finden. Der Dekan der Universität hätte sie unter Beobachtung. Auch hatte Julia gehört, dass Gudrun die eine oder andere Affäre hatte, um aufzusteigen. Das Übliche eben, wenn der Erfolg ausblieb meinte Julia.

Amaniel hatte ihm erzählt, dass er ein gläubiger Anhänger der Äthiopisch-Orthodoxen Thewahedo-Kirche ist. Diese würde bis in das dritte Jahrhundert zurück reichen. Ein zentrales Element dieser Glaubensgemeinschaft bestünde darin, das sich die Bundeslade mit den zehn Geboten in der Maria Zion Kathedrale in Aksum befinden solle und als größter Kirchenschatz und Heiligtum verehrt würde.

Seltsam wäre natürlich schon, das gab der Afrikaner unumwunden zu, das die Lade von einem Wächter bewacht würde und sie niemand zu Gesicht bekommen dürfe. Doch dann hätte er eins und eins zusammengezählt. Er hatte auf dem Boot irgendwann mitbekommen, was Hannes suchte. Damals, kurz vor dem Putsch gegen Haile Selassie, als er Kommandant eines Schnellbootes war und mitbekam, das ein Schiff Besitztümer des Kaisers außer Landes bringen sollte, konnte er sich noch keinen Reim darauf machen. Jetzt ergab das alles einen Sinn. Der Kaiser wollte wohl den heiligen Inhalt vor den Putschisten in Sicherheit bringen. Die Hülle, also die Lade an sich, blieb in Aksum, damit nicht auffiel das die Heiligtümer nicht mehr dort waren. Das Ziel war Jamaika gewesen, das wusste Hannes aus dem Brief. Auch hierzu wusste Amaniel etwas zu berichten. Auf Jamaika gab es eine die religiöse Gruppierung der Rastafari. Diese glaubten, dass der äthiopische Kaiser der wiedergeborene Heiland sei und verehrten diesen als Führer ihrer Kirche. Der Kaiser selbst hatte sich nie zu diesem Führungsanspruch bekannt, jedoch in der entstandenen Notsituation einen für ihn funktionierenden Ausweg gewählt.

Am Schlimmsten war für Hannes der Besuch bei David Lewalds Mutter gewesen. Irgendwie hatte er es als seine moralische Pflicht angesehen, der Familie zu kondolieren. Gudrun hatte sich seinem Wissen nach nicht bei den Eltern gemeldet. Er berichtete nur bruchstückhaft und verschwieg auch die näheren Umstände aus denen Davi nach Eritrea gereist war. Er wollte das Andenken des jungen Mannes nicht beschädigen. Frau Lewald stellte die Frage, warum der Hai Hannes nicht, aber David sehr wohl angegriffen habe? Hannes konnte nur mutmaßen. Er meinte, es könne daran liegen, dass der Hai sich provoziert gefühlt hätte, als er durch den Korridor schwamm und David sich mit dem Rücken zu dem Tier, den Ausgang versperrend, hektisch bewegt hatte. Hätte er von der Anwesenheit des Haies gewusst, wäre wohl nichts passiert. Es sei ein tragischer Unfall gewesen. Ein Trost war das nicht, wohl aber eine Erklärung.

Seit zwei Wochen waren sie nun inzwischen wieder zuhause. Hannes stand in der Küche. Es war Samstag und am Wochenende kochte er gerne für sich und seine Tochter. Sie hatte sich Schupfnudeln mit Sauerkraut auf Hannes Art, also mit Hackfleisch, einer Sahnesoße und viel süßem Paprika gewünscht. Julia war in ihrem Zimmer und 'meinte' sie müsse noch etwas für die Uni machen. Seltsam war nur, dass die Geräusche die durch die geschlossene Zimmertüre drangen, eher auf ein Computerspiel hinwiesen, als auf akademische Studien. Hannes lächelte in sich hinein. Er war auch nicht anders gewesen, in diesem Alter. Die Haustürklingel läutete. Julia schoss aus ihrem Zimmer. „Für mich, der Paketbote." sagte sie grinsend. „Wieder dein

Kosmetikkram aus dem Internet?" Julia blieb kurz vor der Küchentüre stehen, sah ihn an und streckte ihm dann die Zunge raus. Dann öffnete sie dem Boten. Kurze Zeit später erschien sie wieder an der Küchentüre und schwenkte ihr Paket. „Du hast Recht gehabt."

„Wusste ich es doch. Du, das Essen ist gleich fertig. Kannst du den Tisch decken?"

„Ja, kann ich machen. Du hast übrigens auch ein Paket. Es steht im Flur."

„Echt? OK, ich schau gleich mal." Während Julia den Tisch deckte öffnete Hannes das Paket.

Sie setzten sich an den Tisch und Hannes servierte das Essen.

„Paps, wieso grinst du denn so?"

„Wie grinse ich denn?"

„Irgendwie so, als hättest du Drogen genommen."

Hannes Grinsen wurde noch breiter.

„Geht es dir gut? Erzähl schon, was ist los?"

Hannes stand auf und ging in den Flur, nur um kurz darauf zurück zu kommen. Er legte etwas auf den Tisch. Julia riss die Augen auf. „Aber das ist doch."

„Genau, das ist es."

„Das ist ein Stück der Steinplatte aus dem Schiff."

„Stimmt."

„Und wo ist das her? Jetzt lasse dir doch die Würmer nicht einzeln aus der Nase ziehen." Die Falte die jetzt zwischen Julias Augen erschien, kannte er schon.

„OK, bevor du platzt will ich es dir erzählen." Hannes steckte sich eine Gabel in den Mund. „Schmeckt es dir nicht? Du isst ja gar nichts."

Julia verdrehte wieder einmal die Augen „Pa-haps, jetz-erzähl- schon!"

Abwehrend hob Hannes die Hände und schluckte einen Bissen hinunter. „Das ist das Teil, das ich aus dem Wrack geborgen habe. Ich habe es Amaniel gegeben. Du weißt ja sicher noch was Gudrun gesagt hat? Ich meine das sie bei der Antikenverwaltung petzen will."
„Natürlich weiß ich das noch. Die blöde Kuh. Hat es ja dann auch getan."
„Tja, genau. Daher habe ich Amaniel gebeten, mir das Steinchen per Post zu schicken, gegen eine kleine Aufwandsentschädigung natürlich."
„Du bist echt ein Fuchs Paps." sagte sie und kniff ihm in die Wange.
„Ich weiß, ich weiß. Und da wir gerade so schön am Plaudern sind. Amaniel hat mir auch noch einen kurzen Brief geschrieben." Er reichte ihn Julia. Während sie las, weiteten sich ihre Augen.
„Das gibt es doch nicht. Er schreibt, er hat die Sprengladung neben dem Schiff gezündet. Die Tafeln sind nicht zerstört und sollen bleiben wo sie sind. Am besten für alle Ewigkeit. ‚Zwei Bruchstücke hat der Herr dir zum Geschenk gemacht. Deshalb schicke ich dir dieses. Handele weise.' Was meint er damit?"
„Keine Ahnung, ich muss erst mal darüber nachdenken."
Hannes säuberte das Bruchstück aus dem Wrack. Die beiden Teile passten genau zusammen. Die lange Zeit unter Wasser hatte dazu geführt, dass ein Teil deutliche Verwitterungsspuren aufwies und dass es eine etwas andere Farbe hatte. Dennoch war offensichtlich das beide Teile ein und denselben Ursprung hatten. Er fertigte eine sehr genaue Zeichnung dessen an, was auf den beiden Teilen zu sehen war. Es gab natürlich auch andere Möglichkeiten, als Gudrun zu fragen, herauszufinden was

die Hieroglyphen bedeuteten. Hannes fand im Internet eine Seite, deren Betreiber sich auf die Übersetzung altägyptischer Zeichen spezialisiert hatten. Er sendete einen Scan der Zeichnung genau dort hin. Das Ergebnis überraschte ihn keineswegs.

‚Du sollst nicht nach dem Haus deines Nächsten verlangen. Du sollst nicht nach der Frau deines Nächsten verlangen, nach seinem Sklaven oder seiner Sklavin, seinem Rind oder seinem Esel oder nach irgendetwas, das deinem Nächsten gehört. '

So lautete die Übersetzung ins Deutsche. Das zehnte Gebot nach heutiger Zählweise also.

Soweit die Geschichte Herr Pfarrer." Hannes sah den Geistlichen neben ihn an. Er hatte während der ganzen Zeit nur zugehört und ihn nicht ein einziges Mal unterbrochen.
„Wissen sie, Amaniel war ein kluger Mann. Ich habe lange darüber nachgedacht, was er mir mit den Zeilen seines Briefes sagen wollte."
„Und zu welchem Schluss bist du gekommen?"
„Nicht zu einem Schluss, sondern zu einer Frage." Hannes machte eine kleine Pause. Der Geistliche sah ihn auffordernd an. „Ist das denn nicht offensichtlich? Ich kann quasi beweisen, dass die die Bibel keineswegs nur eine Ansammlung religiöser Geschichten ist. Gibt es einen stärkeren Hinweis auf die reale Existenz Gottes, als etwas was direkt von ihm kommt? Wohl kaum, oder?"
„Und wie lautet nun deine Frage?"

Hannes atmete durch. „Soll ich diesen Beweis dafür, dass es Gott gibt, für mich behalten."
Der Pfarrer lächelte. Er sah Hannes direkt an. „Das Wesen des religiösen Glaubens ist der Glaube an sich. Er gibt den Menschen Halt und Hoffnung. Er sorgt aber auch dafür, dass gläubige Menschen sich hier auf Erden, gewisse Verhaltensweisen auferlegen. Und diese sind unter anderem in dem festgeschrieben, was du gefunden hast. Wenn man den Glauben gegen das Wissen tauscht, dann geht die Hoffnung verloren. Und was wäre diese Welt ohne Hoffnung."
Hannes nickte. „Gut. Vielen Dank dafür dass sie mir zugehört haben Herr Pfarrer. Und auch für ihre Einschätzung. Ich werde darüber nachdenken." Hannes sah auf die Uhr. Er war jetzt doch einige Stunden hier gewesen. „Es ist schon sehr spät. Ich glaube, ich muss jetzt gehen."
Der Pfarrer stand auf. „Komme gut nach Hause mein Sohn. Der Segen des Herren soll immer mit dir sein." Er legte die Hände wie zum Gebet aneinander und murmelte etwas.
Weit nach Mitternacht kam Hannes nach Hause. Trotzdem war er nicht müde, sondern von eher aufgewühlt. Er holte sich ein Bier aus der Küche und setzte sich ins Wohnzimmer. Ein kleiner Schlaftrunk konnte jetzt nicht schlafen. Sein Blick fiel auf den offenen Kamin. Auf dem Kaminsims lag der Wanderstab. Was war denn das? Hannes stand auf und ging hinüber. Er hatte sich nicht getäuscht. An dem Stab wuchs ein kleines Ästchen. Und an dem Ästchen, kleine grüne Blätter, rosa-weiße Blüten und reife Mandeln.

Fünf Wochen später saß Hannes wieder in der Kirche. Heute war der erste Gottesdienst, nach der Renovierung des Gotteshauses. Der Pfarrer hatte die Gemeinde gerade entlassen. Er ging zur Türe, um sich von den Besuchern zu verabschieden. Hannes verließ den Raum als letzter. Der Geistliche lächelte, als er ihn erkannte. Sie reichten sich die Hände.
„Und wie gefällt ihnen die Kirche jetzt nach der Renovierung?"
„Sehr gut. Besonders die Stelle da drüben." An einer Stelle in der Kirche waren in Form eines Gemäldes die zehn Gebote dargestellt. Am unteren Ende des Gemäldes waren anstatt des 10. Gebotes, zwei zusammengesetzte Steinfragmente bündig in die Mauer eingelassen. „Das sieht wirklich klasse aus. Als ob die Teile genau da hin gehören." Die Männer lächelten sich verstehend an.
„Ach", sagte der Pfarrer „bevor ich es vergesse. Was macht denn eigentlich das Mandelbäumchen?
„Das lieber Herr Pfarrer, wächst, blüht und gedeiht.

ENDE